차례

· 3 ·

들어가는 글

이 세상에는 무수한 말이 있고 인간은 그 많은 말의 홍수 속에 살고 있으므로 무엇이 이치에 맞는 말인가 아닌가를 분별하고 구분하여 옥석(玉石)을 가린다는 것은 자신의 어지간한 의식(意識) 없이는 매우 어렵다.

이런 관점에서 이 글은 일반적인 내용이 아니므로 여러분이 쉽게 이해될 수 있는 내용은 아닐 것으로 생각하지만, 인생을 사는 인간의 입장에서 무엇이 이치에 맞는 말인가는 한 번쯤 심각하게 생각해봐야 하는 문제를 보편적인 내용으로 단순한 문장으로 구성하였고

일반인도 쉽게 이해될 수 있도록 했으므로 본문내용 한 줄의 글이 여러분의 잠재의식을 충분하게 깨워줄 것이며 각자의 마음에 뭔가의 깊은 스침과 울림이 있을 것이라 확신한다.

2017년 1월

천산야(天山野)

내 마음(心) 보는 법

자신의 마음(운명)이 어떤 것인가를
다른 곳에서 찾으려 하지 말라.
마음이라는 것은 물질이 아니므로 형상으로
보이지 않지만 현재의 나의 환경과 주변의 인연을 보면
자신의 마음이 보일 것이다.

현재의 나 자신은 나의 마음으로
스스로 지어놓은 결과이고
그 마음이 현실에 나타낸 마음의 형상(形象)이므로
자신의 그 마음 그대로 〈나〉로 나타나 있고,

그것을 그대로 지금 보고 있는 것이다.
이것이 바로 자신이 전생에 지어 놓은 업(業)에 의한
흔적이 그대로 나타난 그 마음의 결과이며
그 누가 나의 본질인 내 마음을 만들어 준 것은 아니다.

흔적

오늘 내 마음에 어떤 흔적을 남겼는가.
그 흔적은 내일 모레, 다음 생 윤회 속 나의 삶에
흔적으로 남아
나를 존재하게 하는 뿌리가 된다.

그러므로 오늘 나의 삶은 어제 내 마음에 남은
그 흔적의 형상(허상의 그림자)일 뿐이며.

그 마음에 흔적은 또다시 업(業)으로, 괴로움으로
내일 모레, 다음 생 흔적으로 나에게
다가오게 되어 있으며
그 흔적의 삶을 나는 살게 될 것이다.

어리석음과 지혜(智惠)로움

나를 떠나, 상대의 모순을 보고 분노하는 감정을 가지는
사람은 어리석은 사람이며,

자신의 행동 속에 나타나는 그 모순을 냉철하게
볼 줄 아는 사람이 지혜로운 사람이다.

나의 관념에 비추어 남의 잘 못을 보고 먼저 분노하는
사람은 어리석은 사람이며,

나 자신의 잘못(흠결-하자)을 먼저 냉철하게 볼 줄 아는
사람이 진정 지혜로운 사람이다.

사랑(愛)의 정의(正意)

내 마음에서 누군가에게 끌림(관심)의 마음을 느낀다면
이것은 또 다른 나의 업(業)이 시작되었음을 알리는
시작의 신호이다.

내 마음에 뭔가의 괴로움을 느끼면 이것은
내 업이 한창 진행되고 있다는 것을 의미하고,

그것은 내 마음에 또 다른 흔적(상처)으로 남는다.

그러므로 '사랑, 행복'이라는 말은 업(業)의 시작을
알리는 신호수에 불과할 뿐이며

이 같은 말들은 나의 본 모습(나의 진실)을 가리는
포장지에 불과한 말이다.

그러나 보통 사람들은 이 같은 포장지에

자신의 본성을 숨기고

가식된 마음으로 살아가고 있다.

내 마음에 흔적

이 세상에는 이상한 인연(因緣)들이 존재한다.
그 중에 서로 잡아먹을 듯이 으르렁거리면서도
헤어지지 못하고 평생을 그대로 살아가는 사람들이 있다.

그것은 바로 상대와 업연(業緣)의 고리가 끝나지 않아서
내 마음에 그 흔적이 남아 있으므로 그렇다.

그러므로 이생에 인간으로 존재하는 이유는
그 흔적을 지우기 위해서 인간은 존재할 뿐이다.

매듭

내가 이생에 존재하는 것은
나의 매듭(업. 굳어진 마음)이 있어서이고.
나는 그 매듭을 풀기 위해 인간(人間)으로
존재하는 것뿐이다.

따라서 인생(人生)을 산다는 것은
그 매듭을 풀고 자 함이며
그 매듭(흔적)을 어떻게 풀어 가는가에 따라
내일, 모레 다음 생 나 자신의 흔적으로 남을 것이며
이 흔적에 따라 나의 삶(운명)은 전개될 뿐이다.

다시 생명체로 태어난다면 그것은 전생에
내가 풀어야 할 그 매듭을 남겨 두었기 때문이며
그 매듭을 나는 업연(業緣)이라고 말한 것이고,
모든 생명체는 그 인연의 고리로 오늘을 살 뿐이다.

삶의 의미

사람들은 자신의 삶이 무엇인가 그 본질(本質)도
모르고 살면서 온 세상에 떠도는 무수한 말에
나 자신의 의식을 놓아버린다.

그리고 우리는 나의 인생에 아무런 도움이 안 되는
그 욕망에 매달려
모든 것을 바치고 일생을 살아간다.

오직 출세와 나 자신의 보신을 위해 조직과 상사에
충성하고, 양심을 팔고, 허망한 지위와 명예를
거머쥐고 한세월을 그렇게 살다가
다시 올 수 없는 인생을 허무하게 마감한다.

우리는 온갖 세상의 욕망과 집착에 끄달려 살지만
결국, 인생의 허망함만을 보게 되고

그렇게 갈망했던 부와 지위와 명예는
한순간의 꿈임을 알게 되고
그 꿈은 점차 나이가 들어감에 따라 그 의미를 잃어간다.

그토록 살아남기 위해 스스로 몸부림쳤던
그 시절 삶의 뒤안길에서
허무한 마음으로 되돌아보게 되고,

인간으로 태어났으므로 살아야만 하는
이 거친 세상을 겪으며 위선과 탐욕을 혐오하게 된다.

그리고 먼 훗날 나 자신의
야망(野望)과 집착을 부끄럽게 여기며
그것은 한순간의 꿈이고 모래성이었음을 알게 되고,

인간의 진실한 의미와 가치가 무엇인가를 찾아 나서
다시 먼 길을 방랑하게 될 것이고 이것이
바로 생명체가 자업자득으로 윤회하는 진리 이치이며,
모든 인간은 이 범주에서 결코 벗어나지 않는다.

따라 하면 안 되는 것

남이 하는 그 행동(行動)을 따라 하지 말라.
남이 하는 그 흉내를 따라 하지 말라.

남이 하는 그 말을 따라 하지 말라.
남이 하는 그 모습을 따라 하지 말라.

남이 하는 그 환경을 따라서 살지 마라.

이것은 그 사람과 내가 가진 업(각자가 타고난 운명)의
이치(理致)가 다르기 때문이다.

해(太陽)와 마음

어리석은 자는 해(太陽)를 보고 빌고
현명한자는 해를 보는 자신의 그 마음을 먼저 고쳐간다.

어리석은 자는 해를 품으려 하고
현명한자는 해(자연의 이치)를 닮아 가려는 마음을 가진다.

오늘 우리는 항상 그 자리에 말없이 있는 그 해를
어떤 마음으로 바라보고 나의 인생을 살아가고 있는가!

책과 의식

누군가 말했다.
'하루라도 책을 읽지 않으면 입안에 가시가 돋는다.'라고,
이 말은 어떤 책이든 책을 무조건 읽으라는 개념이므로
이것은 결국 나의 의식(意識)을
흐리게 하는 말이 되는 것이고,

내가 하는 말은
'단 한 권의 책을 읽더라도
이치(理致)에 맞는 말의 책(글)을 읽어라.'이며
이같이 하므로 나의 의식은 깨어난다는 사실이다.

그러므로 책을 몇 권을 보았다가 중요한 것이 아니라,
단 한 줄의 글을 보더라도
이치에 맞는 글을 보는 것이
의미 없는 책 수천만 권을 보는 것보다 좋다 할 것이다.

따라서 '하루라도 책을 읽지 않으면
입안에 가시가 돋는다.'라는 말과
내가 하는 말의 차이를 아는 자가
의식이 깨어 있다 할 것이다.

한 포기 배추

소금에 절이지 않은 배추는 입맛에 맞는
김치가 될 수 없고, 소금으로 잘 절인 배추는
입에 맞는 김치로 거듭날 수 있는 것처럼

나를 어떤 소금(말-언어)으로 절이는가에 따라
나의 의식은 그것에 맞게 절여질 것이며
이에 따라 나의 내일, 모레 그리고
미래의 삶(운명)이 결정될 것이다.

그러므로 현재의 나는 전생에 내가
절여 놓은 대로의 삶이
그 이치에 따라 전개되고 있는 것이므로

지금의 나를 어떻게 바꿀 것인가는
각자의 의식에 달려 있다 할 것이다.

형이상학, 형이하학

생명체라는 것은 형이상학(形而上學)이 바탕이 되어
존재하므로 거꾸로 형이하학(形而下學)으로
형이상학을 정의(正意)할 수는 없다.

이같이 하면 이치에 맞지 않는 사상(思想)이
만들어지기 때문이다.

사상이란 생각하고 생각을 함으로써
얻어지는 추론, 이것이 사상이다.

이 같은 사상은 지구 상 60억의 인간이라면
그 누구라도 만들어 말할 수는 있다.

그러나 그 사상이 맞는가 아닌가는,
사람들이 하는 말(언어)과 행동으로 알 수 있다.

그 이유는 형이상학(形而上學)의 세계는
보이는 물질의 세계의 개념이 아니기 때문이고,
말(언어)이 '이치'에 맞는가 아닌가로
이것을 분별할 수 있는 것이다.

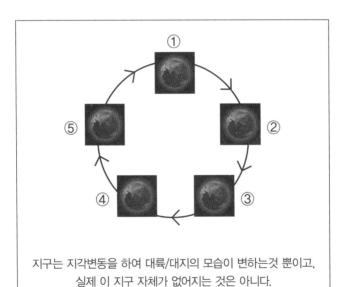

지구는 지각변동을 하여 대륙/대지의 모습이 변하는것 뿐이고,
실제 이 지구 자체가 없어지는 것은 아니다.
이것을 지구의 윤회라고 하는 것이다.

업(業)의 발생과 소멸

업이란, 무의식 속에 형성된 나의 관념으로 쉽게 짓는다.
그것을 끊는 것은 오로지 나 자신이 바른 의식,
의지가 있어야만
끊을 수 있을 뿐이고 이처럼 업이란 짓기는 쉽다.

그것을 없애는 이 과정에 또 다른 고통이 있지만
그 반대로 얻어지는 희열(법열-法悅)이라는 것이 있다.
이것은 마치 울며 겨자를 먹는 것과 같다 할 것이다.

따라서 이치에 맞는 말을 마음에 담을 것인가?
이치에 맞지 않는 말을 마음에 두는가에 따라

나의 마음은 그것에 맞게 길들어지게 될 뿐이고
그것은 나의 마음에 흔적으로 남게 될 것이다.

해는 항상 그 자리에 있다

사람들은 해가 바뀌면 그 해를 보려
종종걸음으로 마중을 간다.

그러나 그 해는 나의 죽음을
재촉하는 것에 불과한 것이다.

어리석은 인간은 자기 죽음이
가까워짐을 모르고
그 해를 보고 즐거워한다.

이것은 마치 불나방이
불을 보고 좋아하는 것과 같은 이치이며

바로 마음이라는 상(相)을 가진
인간만이 할 수 있는 행동이다.

자비(慈悲)의 정의

인간적인 행위를 했다고 하여 그것을 자비라고
생각하는 사람들이 있다.
그러나 그것은 당연한 인간의 도리일 뿐이다.

진정한 자비(慈悲)는 이치(理致)에 맞는 말로
중생의 의식을 깨어나게 하는 것,
이것이 진리적으로 진정한 자비(慈悲)라고 할 것이다.

물질과 비물질

물질로 보이는 내 몸에
묻어 있는 때는 벗길 수 있겠지만,
그러나 그 물질로 보이지 않는 마음의 때는
이 같은 물질로는 벗길 수 없다.

하지만 사람들은 물질을 대입하여 진리를
인위적인 사상으로 조각하고 살아가니
이 어찌 어리석지 않다고 할 것인가!

말과 먼지

말(언어)은 꼭 필요한 말만 이치(理致)에 맞게 하라.
쓸데없는 말은 먼지로 쌓여
나의 의식을 흐리게 할 뿐이고

그것은 다시 또 흔적으로 남아
내 인생에 괴로움으로 남게 되지만,

이치에 맞는 말은 쌓일수록
나의 마음자리를 더욱더 빛나게 만든다.

존귀한 삶

사람들은 말한다.
'지극히 평범한 삶이 사실 가장 위대한 삶이다.'라고
하지만 '평범'이라는 말에 대한
기준이 뭔가의 문제가 남는다.

내가 말하는 위대한 삶이란
'진리, 이치에 순응하며 사는 삶'이 가장 존귀하고
위대한 삶이다.

그러므로 진리이치(眞理理致)를 알아가는 것이
내 인생의 삶에 최우선 목표가 되어야 하고
따라서 '생명체는 그 누구나 부처가 될 수 있다'는 말은
진리적으로 맞지 않는다.

그 이유는 부처나 절대자 등은 이 현실을 떠나,
별도로 존재하지 않는 대상이기 때문이며,

〈이치〉를 깨달아가면서 사는 삶이
'존귀한 삶'을 살고 있다고 해야 맞는 말이 된다.

마음의 화현(化現)

모든 인간은 내 마음이 있다는 것을 인식하고 살아간다.
그리고 그 마음이 삼라만상의 주인이 되는 것이다.

그러므로 내가 보는 모든 것은
내 마음이 짓는 바가 되는 것이고,
보이는 모든 것은 내 마음의 화현(化現)이므로
이 마음이라는 것이 곧 조물주가 되는 것이다.

따라서 보이는 모든 삼라만상은 내 마음의
화현(化現)일 뿐이다.

그러므로 내가 세상에 존재하는 이유는
나 스스로 나의 존재를 그렇게 만들었으므로
모든 생명체는 그 이치에 따라
화현(化現)으로 존재할 뿐이다.

도둑과 열쇠

인간은 육신이 있으므로 나라고 인식하는
의식(意識)이라는 것이 반드시 있다.

따라서 내가 죽어 육신이 없으면 당연히 〈나〉라고
인식했던 그 의식이 없어지게 된다,

그러므로 진리기운 속에 사는 인간은 언제라도
무의식(다른 기운-빙의)의 기운이 나에게 영향을 줄 수 있다.

이것은 마치 대문이 열려 있는 집에
도둑(빙의)이 마음대로 들락거리는 것과 같은 것이므로
옳고 그름을 분별하는 의식이 있어야만
그 도둑(무의식의 다른 기운)은 들어오지 않는다.

따라서 바른 의식은 〈나〉를 지키는 열쇠라 할 것이다.

이치(理致)에 맞는 행(行)

이치에 맞는 행(行)을 하면
나의 의식이 그 결과에 맞게 깨어나기 때문에
미혹(迷惑)에서 벗어날 수 있고,

이러한 이치를 모르면 정신을 바르게 차리지 못하므로
무의식의 마음만이 남는다.

그러므로 그 마음이 무명에 가려져
번뇌 망상이 일어나고,

사리(事理)에 어둡게 되므로
이것은 다시 내 마음에 흔적으로 남아
그에 따른 윤회를 하는 것이 생명체(인간)가
세상에 존재하는 그 이유다.

전생(前生)을 알려고 하지 말라

현재의 나는 나의 전생의 자업자득 인과응보의
이치에 따른 그 흔적이 있으므로 진리 이치에 따라
지금의 내 환경, 나의 인연이 만들어진 것이다.

따라서 지금의 내 환경은 내 마음이
현실로 나타난 것이기 때문에
현재의 나의 환경을 보면 자신의 전생을 다 알 수 있으며,
다음 생의 이치도 스스로 다 알 수 있다.

다만, 자신 스스로 아상(我相)에 가리워져 있으므로
바르게 보지 못하고 있을 뿐이며,

이것을 무명(無明)이라고 하는 것이고
이것은 마치 눈썹은 존재하나 스스로 그 눈썹을
보지 못하는 것과 같은 것이다.

성(sex)

남자는 '힘과 능력'이라는 것으로 자신의
성(sex)이라는 것을 먼저 생각하며,
상대를 고르고,

여자는 '사랑, 행복'이라는 말로 자신의 성(sex)을 포장하고
이 같은 포장지에 힘과 능력이라는 것을
그 속에 또 담는다.

이것을 각자의 마음에 대입해보면
결코 부정하지 못할 것이다.

그리고 그 사랑, 행복 속에 자식이 태어나게 되면
업의 유통기한의 시간에 따라
사랑, 행복이라는 포장지가 거두어지게 되고,

자신의 본성을 가렸던 그 포장지가 벗어지게 되면
바로 각자의 업의 본성이 나오고,
그 자식은 졸지에 〈업둥이〉가 되어 버린다.

이것은 그 정도 차이만 다 다를 뿐이며 그 속마음에는
이같이 엄청난 자신의 본성이 잠재해 있으나,
우리는 가식으로 그 업을 포장하고 있다.

그러므로 누가 누구를 사랑하고
행복해지고 싶다고 말한다면,
이것은 업(業)의 시작을 알리는 신호(포장지)라고
생각하면 될 뿐이고,

이 개념으로 영원한 사랑, 행복이라는 것은
나의 본성을 감추기 위한 것,
이 세상에서 존재할 수 없는 포장지에 불과한 것이라고
나는 말 한 것이다.

천사(天使)와 악마(惡魔)

천사의 목소리, 악마의 목소리는 무엇인가?
그것은 바로 인간의 입에서 나오는 말 중에
이치에 맞는 말이 천사의 목소리이며,
이치에 맞지 않는 말은 악마의 목소리다.

천사의 행동, 악마의 행동 그것은 무엇인가?
그것은 바로 인간의 행동을 보면 알 수 있다.

이치에 맞는 행동은 천사의 행동이고,
이치에 맞지 않는 행동은 악마의 행동이다.

따라서 업이 있으므로 존재하는 이 세상은
악마의 소굴이며,
일반적으로 말하는 그 천사라는 것은
진리 적으로는 존재하지 않는다.

그러므로 사람은 이치(理致)에 맞는 것이 무엇인지
알아가는 것이
인간의 삶에 기준이 되어야 한다.

오늘 우리는 악마의 말과 행동을 하고 있는가!
이치에 맞는 말과 행동을 하고 있는가!

지식(知識)과 지혜(智慧)

마음공부란 머리로 계산(지식)으로
하는 것이 아니고 머리로 생각하고

의식으로 옳고 그름을 판단하여
이치에 맞는 그것을 마음으로 받아들이고

그 마음에 행을 하므로 지혜가 생기며
나 자신의 이치는 바꾸어지는 것이다.

따라서 마음공부라는 것은 지식(知識)을
얻고자 함이 아니라

깨어난 의식으로 지혜(智慧)가 열리게 되는 것이다.

마음의 가치

'마음의 가치'는 이치에 맞는 행동을 하고
그 마음으로 느낄 수 있는 것이다.
따라서 이치에 맞지 않는 마음으로 행동해 봐야
남는 것은 괴로움이고,

이치에 맞는 행동을 하므로 남는 것은
마음에 편안함이므로
이때 나 자신은 인간으로서의 진정한 삶의
가치를 느끼는 것이다.

그러므로 '인간이 가진 마음의 가치'라는 것은
스스로 이치에 맞는 행을 했을 때,
그 후 마음으로 삶의 가치를 느끼게 되고
얻어지는 것이라고 해야 맞는 말이 된다.

따라서 이치에 맞지 않는 행을 하면서,
그 마음으로 인생의 가치를 논하고,

누구나 말할 수 있는 보편적인 삶의 의미를 말하고
인생이라는 것을 논해봐야 남는 것은
회한의 마음, 허무한 마음만 남을 것이다.

내 인생의 족쇄

사람은 누구나 〈나〉라는 허상의 마음을 가지고 있다.
그리고 그 허상의 마음에 든 것을 우리는
'내 것'이라고 움켜쥔다.

그러나 그 〈내 것〉은 내 마음에 흔적으로 남아,
씨앗으로 자라나며, 그로 인해 나를
다시 괴로운 윤회에 들게 한다.

그러나 그 흔적은 자신 스스로
절대 끊을 수 없는 족쇄임을 알라

지금 내 인생의 족쇄는
그 누가, 어떤 대상이나 존재가
나를 구속한 것이 아니라

나 스스로 채운 것이므로

그 누구를 원망할 이유 하나도 없는 것이다.

내 인생의 족쇄는 나 스스로가 채운 것이다.
그 누구를 원망 하지 말라!

매듭(업장-마장)

매듭(업장-마장)은 자업자득 인과응보에 따른
마음의 응어리이다.

이것을 푸는 방법은 응어리진 그 마음을
해소하는 것이고,

불교는 "여섯(육근) 감각에서 하나를 선택하여
어느 한 감각의 매듭이 풀리면
여섯 매듭이 모두 동시에 풀린다,

이같이 하면 온갖 허망한 것이 없어지고, 깨달음을 얻으며
참된 것이다."라고 말하지만 대단한 착각이다.

내가 말하는 매듭이란
'내 업에 의해 스스로 만든 응어리진 마음'이므로

이 마음을 풀면 매듭, 괴로움(업)은
눈이 녹듯이 사라진다고 나는 말했다.

따라서 어떤 말이 이치에 맞는가를 정립하는 것은
각자의 의식에 따른 스스로 몫일 뿐이다.

이같이 내가 이생에 존재하는 것은
나의 매듭(업. 굳어진 마음)이 있어서이고,

나 자신이 이생에 존재하는 이유는 바로
그 매듭을 풀기 위해 존재하는 것뿐이다.

이생에 내가 그 매듭을 어떻게 풀어 가는가에 따라
내일, 모레 다음 생,
내가 풀어야 할 매듭(흔적)으로 또 남게 될 뿐이다.

그러므로 그 매듭(흔적)을 업연(業緣)이라고 말하는 것이고
존재 이유는 이생에 내가 이 매듭을
어떻게 풀 것인가의 문제만 남는다.

어리석은 자와 현명한 자

어리석은 자는 〈진리〉라는 것을 내 관념, 주관으로
조각하여 사상으로 이용하는 자이며,
현명한 자는 〈진리이치〉에 순응하고 따르는 자이다.

어리석은 자는 진리의 말이라는 것을
팔고 사는 사람들이며,
깨달은 자는 진리 이치(자연의 이치)를 말하고
그것을 법(法)이라고 말한다.

동상이몽(同床異夢)과 개살구

마음을 가진 인간은
같은 침상에서도 서로 다른 것을 꿈꾸고,
겉으로는 같이 행동하면서도 속으로는
서로 다른 딴생각을 하며, 딴마음을 품는다.

몸은 함께 살면서 서로 다른 생각을 하는 것이며
이것은 제각각 마음(업)이 다르기 때문이다.

그러나 인간은 이처럼 눈에 보이는 것만으로
그것을 내 것이라고 고집하며
'너와 나는 하나, 사랑, 행복'이라는 말로
자신 스스로 합리화하고 살아간다.

이것을 좋은 말로는 '동상이몽(同床異夢)'이라고 하고,
다른 말로는 '빛 좋은 개살구'라고 한다.

괴로움을 줄여가는 법

이치에 맞지 않는 말과 행동은 사람의 의식을
흐리게 하여 무의식에 빠지게 한다.

그러나 사람들은 다들 자신이 하는 말과 행동이
이치에 맞는 말인 줄 알고 무수한 말을 하고
사는 것이 문제다.

그러므로 그 말과 행동을 이치에 맞게 고쳐가는 것이

괴로움, 고통을 줄여가는 방법이며,
이것이 업장소멸(業障消滅)의 길이며,
마음공부의 정석이고, 지혜를 얻는 방법이며,

깨달음을 얻는 유일무이(唯一無二)한 길임을 알아야 한다.

어울리는 옷

사람은 누구에게나 자신에게 어울리고 맞는 옷이 있다.

하지만 아무리 비싼 옷이라고 해도
그것이 자신에게 어울리지 않는다면
돼지 목에 금목걸이를 하는 것과 같은 것이다.

이 말은 사람에게는 제각각 타고난 본성(本性)과
근본(根本)이라는 것이 있고,

이것은 각자가 지은 업에 따른 그 이치가 있다는
말이므로 그 이치에 벗어난 것을 찾는 것은
어리석음이 된다는 뜻이다.

그러나 우리는 분수(각자의 업에 따른 삶)에 맞지 않게
살기 때문에 그 삶의 흔적은, 업이 되어 그 이치에 따라

윤회를 하는 것이고, 그것은 또 다른 흔적이 되어
괴로움으로 다가온다.
그러므로 인간은 그 업의 흔적이
늘 자신의 곁을 떠나지 않으므로
괴로움의 윤회를 벗어나지 못하는 것이다.

지금 나 자신에게 뭔가의 괴로움이 있다면
반드시 그 괴로움에 대한
원인이 있다는 것이고, 원인을 알면
답은 쉽게 찾을 수 있다 할 것이다.

강아지와 고양이의 본성은 전혀 다르다.

운명(運命)을 바꾸는 법

사람은 누구나 타고난 본성(本性)이라는 것이 있다.
그리고 누구나, 각자의 업에 따른
그 본성의 행동을 하고 산다.

그러나 그것이 이치에 맞지 않음을 지적해주면
그 말을 마음에 담고, 의식으로 고쳐나가야만
자신의 이치(운명)가 바뀌는 법이다.

하지만 어리석은 자는 똑같은 말을
수없이 해주어도 고쳐가지 않는다.

이것은 법(이치에 맞는 말)을 마음에 두지 않는 것이고,
타력적으로 '그 무엇이 내가 원하는 것을
이루게 해줄 것이다'라는 타력적인 관념의 대상에게
그 마음이 끄달려 있음을 의미한다.

그러나 이러한 바램은 진리이치에 맞지 않음으로

이 같은 마음을 버리지 못하면

영겁(永劫)의 세월을 보낸다 해도

결코 자신의 운명, 삶에 이치는 바뀌지 않는다.

치매는 업(業), 업장(業障)이 원인이다!

활구(活句) 사구(死句)

살아 있는 말(활구-活句)은 이치(理致)에 맞는 말이며,
죽어 있는 말(사구-死句)은 이치(理致)에 맞지 않는 말이다.

따라서 활구를 통해서 지혜를 얻게 될 것이고
죽은 사구를 통해 무엇을 얻으려고 한다면,
나의 의식만 흐려질 것이고,
마음에 병(病-괴로움)만 커질 것이다.

문제는 무엇이 사구인가, 활구인가를 분별하는 것이고
오로지 자신의 의식(意識)이 얼마나
깨어 있는가에 달려 있다.

어리석은 자는 사구의 말을 할 것이고
깨어 있는 자는 활구의 말을 하게 될 것이다.

하심(下心)과 비법

어떤 상황에서 자신이
현실적으로 불리하다고 해도
그 불리함이 이치(理致)에 맞으면
비굴해져야만 한다.

이것이 진정으로 '나'라는 아상(我相)을
비우는 것이고
또, 내가 유리하다고 해도
그것이 이치에 맞지 않으면,
진정으로 유리한 것이 아니다.

이것이 바로 하심(下心) 하는 비법이며,
괴로움을 줄여가는 비법이다.

따라서 모든 마음공부의 근본은
이치를 알아가는 것이 삶의 근본이 되며,

마음공부 한다고 해서
부처나 절대자가 되는 법은
현실을 떠나 대명천지 이 밝은 날
우주 천지 그 어디에도 없음을 알아야 한다.

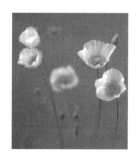

마음(心)과 나(我)-1

마음(心)이란 진리의 기운을 말한다.
지구 위에 모든 생명체는 이 진리라는
기운(자연기운) 속에 살고 있고

인간은 육신이 있으므로 이 기운을 인지하는
기능이 있으며 이것을 '나'의 마음이라고 인식 하지만,
이 기능은 죽으면 사라지는 것이다.

이것을 나는 상(相)이라고 했고,
보통사람은 진리의 기운을 〈내 마음〉이라고 인지하고
살아가고 있을 뿐이다.

따라서 〈내 마음〉이라고 인식하는 지금의 마음은
내가 죽으면 인지하지 못하고,
나는 무의식(참나-진리의 기운)으로만 남는다.

결국 진리(참나)라는 이 기운은 그대로 존재하지만,

육신이 살아 있으므로 '나'라는 상의 마음을 인지하고
죽으면 의식이 없으므로 나를 인지하지 못한다.

그러므로 몸이 있으면 의식−무의식이 함께하지만,
죽으면 무의식(참 나의 기운)으로만 나는 남고

이 참나가 인(因)이 되고, 참 나 속에 있는
흔적은 과(果)가 되어
나는 다시 그 이치에 따라 태어나는 것뿐이며,
이것이 인과(因果)의 정석이다.

마음(心)과 나(我)-2

우리가 내 마음, '나'라고 인식하는 것은
진리 기운 속에 존재하는 인간이기에,

진리적으로 존재하는 무의식의 기운을 우리는
육신이 있으므로 인식하여
그 기운을 〈의식〉으로 '나'라고 인식할 뿐이다.

이같이 인지하는 기운은
자업자득 인과응보의 이치에 따른 나(참나)의 기운이며
우리는 자업자득 인과응보 그 이치대로 살고 있을 뿐이고,
이것을 나의 운명(運命), 또는 본성(本性)이라고 하는 것이다.

그러나 문제는 우리가 인지하고 있는
이 기운(마음)은 '참나'의 것일 수도 있고,
내 것이 아닌 다른 것(기운)일 수 있다는 점이다.

다시 말하면, 윤회에 들지 못한 다른 사람의
〈참나-마음〉일 수 있다는 사실이며,
이것이 바로 빙의(업장)의 올바른 개념이다.

따라서 이 무의식의 기운이 어떻게 작용하는가에 따라
인간은 무의식에 빠진 행동을 할 수 있고,
이것은 정신병 등과 같이
개개인의 업에 따라 무수한 현상으로 나타나게 된다.

따라서 빙의(업장)은 물질 개념으로 치료되는 것이 아니라,
오로지 이치를 깨달은 자의 마음(상이 없는 마음)으로만
치료가 가능하다 할 것이다.

마음(心)과 나(我)-3

육신이 있으므로 인식하는 〈나〉라고 하는
이 마음은 내 업에 의한 허상(상)이므로
가식적인 상(相)의 마음이다.

그 이유는 진리 속에 사는 생명체이므로
나를 존재하게 한 근본인
진리의 기운(무의식)을 인지하는 것이고, 그것이
참 나의 것인지 아닌지를 모르기 때문이다.

이와 같이 생명체는
내가 지은 자업자득의 이치에 따라,
무의식의 기운도 그 이치에 맞게 존재하지만,
우리 인간은 그것을 전부 〈내 마음〉이라고
인식하는 것뿐이다.

따라서 이 '나'라고 인식하는 허상의 마음은
내가 죽음으로서 인식하는 기능이 없으므로
〈나〉라는 것은 인식하지 못한다.

그러나, 육신의 〈나〉는 사라지지만, 나를 존재하게 한
나의 근본 〈참나-진리의 기운-무의식〉은
영구불멸하게 존재한다.

진리 속에 사는 인간은 내 몸이 있으므로
〈나〉라고 하는 것을 의식하고,
내 마음을 인식하지만, 내가 죽으면 육신의 의식이
사라지므로 인식하는 기능도 동시에 사라지며,
결국, 무의식의 기운만
이 지구의 진리 속에 남게 된다.

그러므로 생명체는
몸만 있고, 없고의 차이만 있을 뿐이며,
진리적으로 나는 영구 불멸하게

참 나(진리의 기운)로 존재한다.
이같이 마음(진리의 기운)을 알면(참 나의 기운)
이 세상에 인간(생명체)으로 살다간 자의
모든 근본(根本)을 다 알 수 있기 때문에
생명체의 본질(존재 이유)은 쉽게 알 수 있다.

이 이치로 과거 무수하게 죽어간 그들이
어떤 옷을 입고, 어떤 환경에서
어떤 마음으로 오늘도 고단한 연기(演技)를 하는
배우(俳優)가 되어 있는가를 알게 된다.

따라서 생명체는 전생(前生)의 연기를 이생에
그 이치대로 하고 있을 뿐이고,

이것을 바꾸어가는 것은 오로지 나의 의식으로
옳고 그름을 분별하고
이치에 맞는 마음으로 하는 행동의 결과에
나의 운명(運命)은 달려 있을 뿐이다.

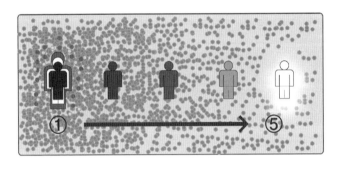

〈빙의와 업, 업장, 정신병의 기본원리〉

마음(心)과 나(我)-4

진리의 기운은 모두 '무의식(비물질)'의 기운으로 존재한다.

따라서 나의 참 나(진리적인 기운)는
자업자득 인과응보의 이치에 따라
생명체(인간)로 다시 몸을 받고 인간은 육신이 생기면,
다시 〈나〉라는 의식이 생겨나지만, 동물은 이 〈나〉라고
하는 상(相)이 없으므로 인간과는 다르다.

그런데 인간은 〈나〉라는 아상(我相)이 생겨나고,
이것을 인간은 '내 마음'이라고 인지하고 고집하며
한 생을 살다가 육신이 죽으면

다시 우리는 무의식의 기운으로 존재하게 되므로
이것이 바로 윤회의 정석이다.

결국, 몸만 있고 없고의 차이만 있을 뿐이고
나의 본질인 이 무의식의 기운(참나)은
영구히 사라지지 않는다.

따라서 인간은 이 참 나(기운)의 마음이
나의 근본이 되고 그 이치에 따라
각각의 본성(성품)이 형성되며,

이같이 진리 이치에 따른 마음(기운)을 바탕으로 하여
그것을 '나'라고 고집하며
허상의 삶을 살고 있을 뿐이다.

이와 같이 이 기운(참나)은 누구나 다 가지고 있지만,
문제는 이처럼 작용하는 근본 된 바탕을
스스로 모르고 살뿐이다.

인간은 각자의 본성(本性)에 따른
무의식의 행동은 스스로 다 하고 있으므로
이것을 타고난 각자의 본성(운명)이라고 해야

이치에 맞는 말이 된다.

그러므로 스스로 이 같은 자신의
본성을 알고 그 마음을 이치에 맞게
고치기란 매우 어려운 것이고
이러한 이치를 스스로 아는 것이
'나를 알자'의 정석이다.

마음(心)과 나(我)-5

이 세상 사람들의 몸과 마음이 다 다른 이유는
자업자득 인과응보의 이치에 따라
제각각 형성된 그 본성(本性)이 다르고,

본성이 다르다는 것은
태초(윤회가 아닌 처음)에 태어난 환경에 의해 만들어진
제 각각의 업(業)이 다 다르다는 것을 의미한다.

따라서 지금 나의 몸과 마음, 환경은
이같이 태초의 흔적에 따라 존재하고,

이생에 어떠한 마음을 만들었는가에 따라
다음 생의 나의 몸과 마음, 환경은
이것을 기반으로 형성되므로
지금의 나는 전생에 그 흔적의 결과다.

이것이 인과(因果)의 이치이며,
생명체로 존재하고 인간으로 윤회하는 근본 이유다.

그러므로 지금의 나는 전생의 그 이치대로
존재하는 것뿐이므로
이 같은 운명을 바꾸어갈 수 있는 것은
오로지 오늘 각자의 의식(意識)에 달려 있을 뿐이다.

마음(心)과 나(我)-6

이생에 나는 전생에 내가 만든 그 자업자득
인과응보에 따른 흔적이며,

그 흔적으로 나는 이생에 존재하므로 전생에 그 흔적을
이생에 어떻게 지우는가.
이생에 그 흔적으로 어떻게 만들어 가는가에 따라

내일, 모레 다음 생의 내 몸과 마음은 이 흔적으로
형성될 것이다.

〈나〉라는 존재는 이 같은 진리 이치에 따른
자업자득 인과응보의 결과인
연기자(演技者)로서 나에게 주어진 그 역할의 연기를
이생에서 하고 있을 뿐이다.

그러므로 이생에 내가
어떤 연기를 하는가에 따라
다음 생 나의 배역은 주어질 것이고,
이것이 바로
자업자득 인과응보의 이치라고 하는 것이며,

이 같은 생명체의 흐름 과정을
나는 진리이치(자연의 섭리),
법(法)이라고 말하고 있을 뿐이다.

현명함과 어리석음

어리석은 사람은 보이는 물질과 가식된 그 사람의 말을
사랑, 행복이라고 느끼며
자신의 몸과 마음은 불나방처럼 무의식 속에
빠져 모든 것을 다 주어버린다.

이것은 마치 불나방이 불만 보고 그 불 속으로
뛰어 들어가는 것과 같다.
그러나 현명한 자는 그 상대의 본성을 알므로
무의식으로 내 마음을 내어 주지 않는다.

세상에는 무수한 말이 있지만,
현명한자는 그 말에 옥석(玉石)을 가릴 줄 알고,
보배로운 말이 무엇인가를 알아,
그 말에 자신의 마음을 온전히 내어 줄줄 아는 사람이다.

그가 의식이 깨어 있는 사람이고,

지혜가 있는 사람이고, 현명한 사람이며

진정으로 마음을 잘 쓰고 인생을 사는 사람이다.

시간과 나

시간은 어떤 식(형태)으로든지 인간의 마음을 길들인다.

따라서 오늘의 나는 과거의 시간에 길들어진 것으로,
나는 이 세상 내가 만든 그 '시간의 흔적'으로 존재한다.

이 세상 우리는 모두 다 같은 시간 속에 살지만,
이 시간을 어떻게 사용하는가에 따라
미래의 나의 모습은
지금 사용하는 이 시간의 결과(흔적)에 따라

그 이치에 맞게 또다시
나의 시간은 지금처럼 나에게 주어질 것이다.

누구나 다 사용하는 이 시간,
지금 나는 어떤 시간을 보내고 있는가!

마음이 통함

우리는 마음이 맞다, 통한다는 말을 하고
그것을 사랑, 행복이라는 말로 합리화한다.

그러나 그것은 상대와 나의 업연의 이치(동업의 개념)가
같으므로 육신의 마음인 내가 이같이 사랑,
행복으로 그 업을 인식하는 것뿐이다.

따라서 그 업의 이치와 그 인연의 관계가 어떤 것인가에
따라 나의 인생(운명)의 길은 달라지므로 마음이 통하고,

마음이 맞는다는 것은 업의 유통기한이
새롭게 시작됨을 알리는 것에 불과하다.

반대로 마음이 없다, 가지 않는다는 것은
업연의 고리가 끊어져 가고 있음을 의미하는 것이다.

결국, 마음이 통한다는 것은 상대와 이치에 맞는
마음이라서 통하는 것이 아니라, 그 상대와의
업(業)의 연결고리가 같다는 것을 의미할 뿐이며,

그 매듭을 풀기 위해 우리는 상대를 만나는 것이
전부이고, 이 업에 따라 부부로,
자식이라는 관계로 만나며 나와 가까운 인연일수록
그 업연의 고리가 크다 할 것이다.

그 업연을 우리는 사랑, 행복이라는 가식 된 말로
포장 하는 것뿐이며, 이것이 바로 우리가 마음이라고
말하는 아상(我相)이라고 하는 것이다.

하지만 어리석은 인간은 사랑, 행복이라는 말로
가식을 합리화하고 안타깝게도
그 속에 파묻혀 무의식(無意識)이 되어 버린다.

그러므로 사랑, 행복이라는 것은 인간의 감성을
자극하는 말인 애욕(愛慾)이라고 하는 것이다.

마음과 미련-1

오늘 내 마음에 어떤 대상에 대하여 미련이 남아 있다면,

아직도 내가 그것과 풀어야 할 것이 되었던
아니면 그것과 매듭을 지어야 할
업연(業緣)의 연결 고리가 남아 있음을 의미한다.

따라서 내 마음에 그것에 대한 미련이 없어지면,
비로소 내 마음에 그 흔적을 남기지 않게 되므로
괴로움(흔적)은 줄어들며 지워지게 된다.

이것이 바로 마음의 흔적으로 나타나는
업(業)의 시작과 끝의 개념이다.

마음과 미련-2

오늘을 사는 우리는 어떤 것에 미련을 두고 사는가?
내 마음에 흔적을 지우는 것은
내 업(괴로움)을 지우는 것이고

내 마음에 어떠한 미련(흔적)을 남기지 않으므로
인간은 긴 윤회에서 벗어나는
해탈(解脫)이라는 것을 하는 것이다.

문제는 그 미련(흔적)이 이치에
맞는 것인가 아닌가를 분별하는 것이고

이치에 맞게 마음을 정립하면
그 마음에 흔적(괴로움)은 지워진다.

이것을 스스로 의식으로 정립하지 못하고

인생을 살면 그것은 나를
포기하는 무의식의 방관으로
자신을 포기하는 것이기 때문에
이것을 의식(意識) 없는 행동이라고
나는 말하는 것이다.

따라서 내가 어떠한 의식으로
그 미련(흔적)을 지웠는가에 따라
나는 그 흔적으로 오늘 내일의 인생을 살아가고,

결국, 또다시 그 흔적으로
다른 모습으로 윤회하여
그 흔적에 맞게 나는 태어나는 것이며
이것이 〈진리의 이치〉일 뿐이다.

본성(本性)

인간의 본성은 어떤 대상을 보고 내 마음에 든다,
마음이 끌린다고 하면, 이것은 그 상대(대상)와
풀어야 할 업연의 고리(흔적)가 있기 때문이다.

이러한 업(業)의 작용은 소리 없이
무의식으로 찾아와 내 마음을 움직이게 한다.

인간은 어리석게 그것을
사랑, 행복이라는 포장지로 자신의 본성을
무의식으로 합리화하고 있지만,
이것을 스스로 인지하지 못하고 살아간다.

그러므로 사랑, 행복이라는 그 포장지가 벗겨지면
각자의 본성(本性)은 그대로 드러나게 되어 있다.

따라서 내가 사랑, 행복이라고 말했던
그 마음은 업의 유통기한에 따라 소리 없이 사라지고
남는 것은 자신의 본성에 따른 흔적만이 남지만,

이것을 스스로 알지 못하고
인간은 결국 자신이 만든 그 본성의 행동을
무의식으로 하고 살아갈 뿐이므로
윤회의 수레바퀴에서 벗어나지 못하고 있는 것이다.

천사(天使)와 부처(佛)

불교에서 인간은 〈모두가 부처다〉라고 하는 말과
한쪽에서 인간은 모두 〈천사〉라고 하는 말을 한다.

그것은 인간이면 마땅히 인간으로서의
기본의 행을 해야 하는 것은 당연한데
이같이 기본 행을 하는 것에다
사상적으로 부처, 천사라고 거대한 포장지를
씌운 것에 불과하다.

따라서 이 말이 모순된 것은 인간이면
당연하게 인간의 기본인
그 도리에 불과한 말을 한편에서는 이것을
'천사의 행동'이라 하고,

다른 한쪽에서 이것을 '부처의 행동이다.'라고
사상으로 거창하게 그 이름을 지었고
이에 대한 무수한 말들을 사상적으로
만들어내고 있을 뿐이다.

이같은 사상(思想)대로라면
인간이 이 지구 위에 존재하는 한 이 세상은
온통 부처투성이고, 천사들 천지가 되겠지만,
이것은 사상 속에나 존재하는 말이고
진리이치에는 맞지 않기 때문에 의미 없고,

천사, 부처에 대한 정의는
〈이치에 맞는 언행을 하는 인간〉이 부처이며,
천사가 되는 것이다.

그러므로 일반적으로 말하는 천사, 부처라는 대상은
진리적으로는 존재하지 않는다.

그 이유는 모든 생명체는 업(業)이 있어

생명체로 태어나기 때문이고,

생명체로 태어났다는 것은

인간의 도리를 다하지 못하여

진리 이치에 벗어난 그 행동으로 인해

그 이치에 따라 지금 존재하는 것이므로

업이 있어 태어나는 인간은 천사, 부처라고

말할 수가 없다는 것이다.

세 가지의 행동

인간의 행동에는 세 가지가 있다.

1) 〈나〉라는 아집 된 마음(아상)으로 행동하는 것이고,

2) 인간적인 것만을 기준으로 행동하는 것이며

3) 진리적인 행을 기준 삼아 그 이치에 맞게 행동하는 것
   이다.

이 세 가지의 이치를 모두 알고 행하는 것이
걸림이 없는 중도(中道)이며, 이 세 가지 중에
하나만 이해하면 치우침이 되는 것이고,

하나의 이치도 모르고 사는 인생이 무명의 삶이고
어리석음이며 안타까운 인생의 삶을 살게 되는 것이다.

오늘을 사는 나는 어떤 것을 기준으로
행동하고 살아가는가!

인간평등(人間平等)

우리는 인간이라는 모습이 다 같으므로
사람들은 '인간 평등'이라는 말을 한다.
그러나 진리적으로 태초에 형성된 그 마음(본성)이
다 다르기 때문에
인간은 진리적으로 결코 평등하지 않으며,

다만 인간이라는 그 모습만 같을 뿐이며
이것을 이해하기 위해서
반드시 물질이치−진리이치
이 두 가지 개념을 정립해야 한다.

따라서 일반적으로 인간평등이라고 하는 말은
진리이치를 모르고 단편적인 사상으로
한 말이기 때문에 잘못된 말이다.

그러므로 진리적으로 인간은 마음이
다 다르므로 절대 평등하지 않고
다만 그 모습만으로 보면 평등하다는 사실이다.

그릇과 토양

어리석은 사람은 내 마음이라는
그릇(마음-토양)을 먼저 만들지 않고
그 마음 그릇에 뭔가를 담으려고만 한다.

그리고 그 열매(꿈, 희망)만을 생각하고,
달콤하게 그 열매를 먹을 꿈을 꾼다.

그러나 지혜(현명함)가 있는 자는
내 마음(그릇-토양)을 먼저 이치에 맞게
만들어 가며 그 때를 기다린다.

이것이 인내의 정의이며
이 과정을 마음공부의 수행이라고 하는 것이다.

옷-1

사람은 각자에게 맞는 옷(타고난 운명)이 있다.
그러나 어리석은 사람은 무엇이 자신에게 맞는
옷인가를 모른다.

하지만 내 몸에 맞는 옷이 뭔가를 아는 사람이
지혜로운 자이고 현명한 자이다.

따라서 지혜가 있는 자는
자신에게 맞는 옷이
뭔가를 먼저 알려고 한다.

나에게 맞지 않는 옷을 입으면 그것은
괴로움, 고통이 되고
나에게 맞는 옷은 내 마음에 편안함을 줄 것이다

나에게 맞는 옷,
이것이 괴로움을 없애는 방법이고
긴 윤회(괴로움)의 늪에서 벗어나는 유일한 방법이다.

오늘 나는 어떤 옷을 찾아 방황하고
어떤 옷을 고르고 입으려 하는가?

옷-2

어리석은 사람은 보이는
육신(마음의 때. 흔적)을 가리기 위해 옷이라는 것으로
마음의 때(흔적)를 감추려고 포장을 한다.

그러므로 상(相)이 큰 사람일수록 화려하고
비싼 옷(포장지)을 찾고, 보이는 그 옷(물질)으로
카멜레온처럼 수시로 변신하며,
자신의 흔적을 가리고 각자의 본성을 치장한다.

그러나 현명한 자는 육신을 가리는
포장지를 먼저 찾는 것이 아니라,

보이지 않는 마음의 때를 먼저 벗기기 위해
진리라는 것을 찾는다.

마음의 때를 벗기면 흔적(때)은
자연스럽게 없어지므로
옷(물질)이라는 것으로 나라는 상(相)을
가릴 필요가 없게 되는 것이며

그리하여 그 허상의 옷은
나에게 거추장스럽게 느껴지기 때문에
그러한 것(가식)으로 보이는
내 몸을 먼저 포장하지 않는다.

진리이치를 알면 그 옷은
아무런 의미가 없다는 것을 알기 때문이다.

인간이 결혼할 때 온갖 것으로
몸을 치장하는 이유는
자신 마음의 흔적(때-흠결)을
최대한 포장하기 위해서이다.

하자(瑕疵)와 보수공사(補修工事)

세상에 존재하는 생명체는 모두 그 마음에
얼룩진 하자(흔적)가 있다.

그러나 문제는 스스로 그 하자가
어떤 것인가를 모를 뿐이고
각자의 그 하자(흔적)가 어떤 것인가
그 종류만 다를 뿐이다.

이같이 흔적(업)이 있는 생명체의 처지에서
모두가 부처, 천사라고 하는 것은
애당초 존재할 수 없는 말이다.

따라서 이 생에 내 하자를 스스로 알고
얼마나 보수공사를 하는가에 따라 다음 생 그것에
맞는 집을 가지고 살아가게 되는 것이다.

그러므로 이 세상에 하자(흔적)가 없는
온전한 집을 가지고 사는 사람이 없으므로
반대로 흠결이 없다면
이 세상에 존재해야 하는 이유가 없는 것이다.

마음을 알자, 마음을 만들기란
이같이 내 마음에 하자(흔적)를 알고
얼마나 진리 이치에 맞는 보수공사를 하는가에 따라

이생에 그에 맞는 내 집이 만들어지고 지어진
그 집에 머물 수 있는 것이 전부이며
그 집의 이치대로 나는 다시 존재할 뿐이다.

마음공부란 내 집의 하자(흠결)를
나 스스로 고쳐가는 것이고,
내 마음에 하자(흔적)는 어떤 존재나 대상이
나를 대신해 고쳐주지 않는다는 것이
진리적 입장일 뿐이다.

나무와 마음

나는 이름 있는 어느 공원에 서 있는
'마음'이라는 것이 없는 한 그루의 나무다.
인간은 자신의 몸이 아프면 병원 찾고
야단법석을 떨 것이다.

그러나 나는 그렇게 할 수가 없다.
나는 인간처럼 상(相)의 마음이 없는
무정물(無情物)이기 때문이다.

나를 이렇게 만든 인간은 오늘도 자신의 몸을
보석처럼 지키며, 희희낙락(喜喜樂樂)하고,
그 입으로 자신의 목숨 연명하고자 따뜻한 밥을 찾고
온갖 것을 찾아 그 입에 처 밀어 넣을 것이다.

이것이 인간이 가지고 있는 오만방자한

그 〈마음〉이라는 것이고, 세상에서 제일 추악한 것은
바로 마음을 가진 인간이라는 뜻이다.

그러면서 자연(自然)인 나를 보호하자 사랑하자는 말을
그 추악한 입으로 말한다.

이것이 바로 인간이 가지고 있는 상(相)이라고
하는 것임을 알라.

나는 오늘 내 자리에서 내 목이 답답하게 조여와도
자연의 순리에 따라 말없이 서 있는
한 그루의 나무일 뿐이다.

누가 인간인 자신의 숨통을 이같이 조여 온다면
마음을 가진 인간, 그대라면 어떻게 하겠는가?

이 마음 알고 조여 오는 내 숨통을
풀어준 그분께 내 마음을 전한다.

단죄(斷罪)

단죄(斷罪)란 그 누가 나의 죄를 대신해서
끊어주는 것이 아니라

나의 의식으로 옳고 그름을 분별하고
그에 맞는 마음으로 이치에 맞는 행위를 함으로써
나 스스로 단죄(斷罪)할 수 있을 뿐이다.

그러므로 이치에 맞지 않는 행위는 업(죄)이 되는 것이고,
그 벌(업)로 나는 지금과 같은 생명체로
그 벌(업)의 환경에 맞게 존재하는 것이므로
이 같은 진리(자연)의 이치를 알고,

나 스스로 이치에 맞는 행을 하면 비로소
단죄(斷罪)되는 것(업, 괴로움의 소멸)이 진리 이치일 뿐이다.

따라서 나의 의식이 뚜렷하지 못하면
누가 내 죄를 단죄해 주고 대신하는 것으로 알지만,
그것은 대단한 착각이며,
지금 나에게 어떠한 괴로움이 있다면
그것은 나의 의식에
문제가 있다는 것을 의미한다.

따라서 〈자업자득 인과응보의 이치〉라는
이 말의 의미를 알고 실천하고 사는 자가
바로 지혜롭고 현명하게 사는 자다.

공구(工具)

태어나 인생을 산다는 것은
결코, 인간이 그 어떤 것보다 잘나고 위대해서
온전해서 존재하는 것이 아니라,
뭔가 자신에게 하자(업-흔적)가 있어서 존재하는 것이다.

따라서 인간이라는 생명체로 존재하는 것은
각자의 하자를 보수하기 위해
존재하는 것이 전부다.
그러므로 나는 여러분에게 그 하자를 고칠 수 있는
공구(이치에 맞는 말)를 모두에게 펼쳐 주고 있다.

문제는 이 공구(工具)를
이생에 제대로 사용하지 못한다면
결국, 내 집은 부실한 집(흔적)으로 남게 될 것이고,

여러분은 부실한 자신의 집을 고치기 위해
또다시 나(我)라는 탈(상의 마음)을 쓰고
그에 맞는 연기를 하러 세상에 태어날 것이고,

이것이 윤회(輪廻), 연기(演技)법의
정의(正意)라고 하는 것이다.

괴로움을 줄이는 방법

남이 하는 그 행동, 흉내, 모습, 말 등
그 어떤 것도 절대로 따라 하지 말라.

그것은 그 자신만의 업에 따른 관념일 뿐이고,
나와의 업(본성)의 근본 이치가 서로 다르기 때문이다.

뜨거운 눈물

마음공부는
요란스럽게 무엇을 해서 되는 것이 아니라
조용하게 나의 내면을
이치에 맞게 고쳐가는 것이고,

이 과정은 자신의 아집 된 상의 마음과
치열한 싸움이 되고
때로는 이를 악물고 뼈아프게
마음으로 울어야 하는 상황이 될 수 있다.

그 이유는 바로 모든 문제는
내 안에 있기 때문에 그렇다.
'나, 내 안에 어떤 문제가 있는가?'라고
반문하는 사람도 있을 것이나

그것은 어리석은 생각이고, 인간은

이 업(業)이 있어 존재하는 처지기 때문에

그 업(業)의 작용으로 업연(業緣)이라는 것으로

나는 존재하므로

나의 삶에 문제는 내 의식에 있는 것이지,

다른 사람의 문제로

내가 이 세상에 존재하는 것은 아니기 때문이다.

이것이 바로

자업자득 인과응보의 이치라고 하는 것이다.

진리(眞理)와 진리이치(眞理理致)

진리 속에 사는 인간이 〈진리〉 그 자체에
무엇이라고 인위적으로 가공하여
이름을 붙이는 것은 인간의 오만함이며
진리이치에 맞지 않는다.

그것은 진리라는 것은 그 자체로 여여자연하게
존재하는 것이기 때문이다.

내가 하는 말은 그 자체인
'진리'를 말하는 것이 아니라,
그 진리 작용인 〈진리이치〉를 말하고 있고,
이것을 법(法)이라고 이름하는 것이다.

그러므로 〈진리〉와,
〈진리이치〉라는 말은 구분해야 한다.

보통 사람들이 말하는
"이것이 진리다, 진리의 말"이라고
하는 것은 맞지 않는데 그 이유는
대부분 사상적(思想的)인 말이기 때문이다.

따라서 진리란 그 자체로 존재하는 것이므로
이것을 미미한 생명체인
인간이 자신이 한 말이 〈진리〉라고 말하고
고집하는 것은 대단한 어리석음이고,

진리의 작용인 〈진리이치, 자연의 흐름〉
이것을 법(이치에 맞는 말)이라고 해야 맞다.

법(法)

법(法-진리 이치)이라는 것은 우리가 사는
지금의 이 현실을 떠나 존재하지 않으므로
이 현실을 떠나 상상으로, 또는 4차원적으로,
이치 그대로 존재하는
우주를 끌어들여 그것을 사상(思想)으로 조각하고
꾸며서 말하는 것은 진리이치에 맞지 않는다.

그러므로 이생에 육신으로 쾌락을 느끼는 것은 잠시
스쳐 가는 것이기에 번갯불과 같은 것에 불과하지만,

법(이치에 맞는 말)은 영생을 함께해야 하는
것임을 명심해야 할 것이다.

왜냐하면 생명체는
모두 이 진리 속에 존재하기 때문이다.

취함

어리석은 사람은
술에 취하고 이성에 취해 살고
물질에 취해 살지만

현명한 자는
법(이치에 맞는 말)에 취해 살고,

이치에 맞는 행동에 취해 산다.

존재의 이유

인간은 치우친 마음(업에 의한 흔적)이 있으므로 그 이치에
따라 존재하는 것이고 마음공부란 잃어버린(치우친)
내 마음의 중심을 찾아 그것을 수평이 되게 하는 것이다.

그러므로 이것을 중도(中道)라고 하고, 이 결과로
결국 윤회에서 벗어나는 해탈(解脫)이라는 것을 할 뿐이고
이것을 위해 존재하는 것이 인간일 뿐이다.

따라서 이것은 의식이 있는 인간이 옳고 그름을 분별하고
판단을 해야 하므로 자신의 의식에 따라 자신이 선택해야
할 몫으로 남고, 그 누구(어떤 대상)도 대신 해줄 수 없다.

오로지 이 이치(理致)만이
존재하는 것이 자연의 섭리이고 진리의 흐름이므로
이것을 나는 '진리이치(법)'라고 말할 뿐이다.

태양과 인간의 본성

태양의 빛을 우리는 단순하게 밝음이라고
말하지만 사실 그 밝음의 빛 속에는
무수한 색(色)이 존재하고 이것의 조합으로
밝음이라는 빛으로 나타나지만,
이것은 결국 무수한 색의 조합이다.

이처럼 인간이라는 것도
참 나의 조합으로 존재하므로 이 개념으로
표면적으로 인간이라는 모습은 다 같지만

진리적으로는 제각각 업의 이치가 다르므로
단순하게 물질적으로 태양이라는 것과
인간이라는 개념은 같다 할 것이다.

그래서 우리는 다 같은 인간(태양의 빛)이라고

말하지만 개개인의 색(참나-본성)이 다 다르므로
인간이라고 해도 진리적으로는
마음이 다 다르기 때문에 다 같은
인간이 아니라는 것을 말하고 있는 것이다.

이 이치를 나는 〈참 나의 색〉의 개념으로 말했고,
서로 다른 참 나의 색을 가진(마음-본성) 인간이기에
각각 다른 그 참나에 따라 60억의 인간의 마음, 모습,
환경이 다 다른 것이다.

그런데 우리는 보이는 모습이 같다고
인간의 모습을 하고 있다고 해서
다 같은 인간이며, 다 같은 의식을 하고 있다고
말하는 것은 잘못된 것이고

이것은 진리이치-물질이치라는 두 가지의 개념을
정립하지 못했기 때문에 나타나는 현상이며
이 개념으로 인간의 본성이 다 다르고
적성(適性)이 서로 다른 것이다.

따라서 본성(本性)은 이 세상에 태어나면서

만들어지는 것이 아니라

태초(윤회가 아닌 처음)에 어떠한 환경에

태어났는가에 따라 만들어진 것이고

그 흔적에 따라 이생에 나는

그 업연(흔적)으로 태어난 것이 전부다.

우주의 수많은 행성 중에 지구에만 진리의 기운이 존재하고,
다른 행성에는 진리의 기운(자연)이 없으므로 생명체는 존재하지 못한다.
지구는 이 기운이 있으므로 생명체는 그 이치에 따라서 존재하고,
인간은 이 기운을 〈마음〉이라고 인식하는 것이다.
[1. 지구   2. 공기 (자연의 기운)]

만남

인간과 인간이 만날 때는 뭔가의 끌림으로
반드시 동기부여가 있다.

그것에는 좋은 감정이던 좋지 않은 감정이 되었던
서로 맺어지기 위해 마음에서 뭔가
일어나기도 하고(진리이치) 또는 마음이 움직이기 이전에
하나의 현상(물질이치)이 먼저 일어나기도 한다.

이것은 각각의 업에 따라
작용하는 이치가 모두 다르므로
어떤 것이 먼저라고 우열을 가리기는 어렵다.

이를테면 버스를 타고 가는데, 상대가 내 발등을
밟았다고 하면, 마음이 먼저 가지 않은 상태에서,
발등을 밟은 상황(물질개념)이 동기부여가 된다 할 것이고

또 어떤 특정한 사람의 모습을 보고 먼저 자신의 마음에
들어올 수 있으므로 이것은 업이 어떤 업인가에 따라
이같이 나타나는 형상은 다 다르다.

따라서 내가 말한 〈업연의 유통과정〉이라는 것은
이같이 서로 비슷한 업이거나,
아니면 그 상대와 풀어야 할 업연이 있다면

서로에게 기본적으로
"좋은 마음, 감정"이 먼저 일어나기도 하고,
물질적으로 먼저 동기부여가 되기도 한다.

이같이 나타나는 것이 바로 업의 시작과 끝에 나타나는
동기부여인데 인간은 이것을 계기로
사랑, 행복, 우정 등의 말로 포장을 한다.

따라서 이 사랑, 행복, 우정 등으로 포장한 그것이
업의 유통기한에 따라 벗겨지면
그 속에 감추어진 제각각의 본성은 드러나게 되어 있다.

명상

진정한 명상이란 '이치에 맞는 말'이 뭔가를
생각으로 정립하고 마음으로 굳힌 다음
그에 맞는 행동이 뭔가를 찾고 실행하는 것을
정리하며 차분하게 그것을 각자의 마음 밭에 확고하게
뿌리를 내리게 하는 시간을 의미한다.

따라서 이치에 맞지 않는 말, 행동을 마음에 새겨봐야
남는 것은 마음에 또 다른 흔적(상처)으로 남고 그것은
나에게 괴로움(업)으로 다가온다.

그러므로 운명을 바꾸는 것은 나의 의식이
깨어있지 않으면 불가능한 것이며 사람의 마음과 모습이
다른 것은 이미 형성된 의식이 다르므로
그 이치에 따라 자연(自然)스럽게 제각각의 모습으로
존재할 뿐이다.

진리, 지식, 사상

진리(眞理)는 인간의 상(相)의 논리로
인간이 평가할 수 없고,
지식(知識)은 인간의 상(相)으로 인간이 평가할 수 있다.

따라서 진리(자연)를 인간 알음알이 지식으로
논하는 것 자체가 사상(思想)적인 말이 되고,

이것으로 진리이치에 맞지 않는 말(定法)과
사상이 만들어지는 것이다.

무의식(無意識)의 화신(化身)-1

생명체(인간)는 무의식의 화신으로
그 이치에 맞게 존재하고 인간은
그 무의식의 기운을 〈나〉라고 인식하고 산다.

따라서 나 자신은 무의식의 기운이 형상으로
나타난 것이고, 이 무의식으로 작용하는 기운을
인간은 〈내 마음〉이라고 인식하므로
나에게 어떤 무의식의 기운이 작용하는가에 따라
생명체(인간)는 그 무의식의 행동을
그대로 표현하게 되어 있다.

그러므로 모든 지구상의 생명체는
무의식의 화신(化身)으로 그 이치에 맞는 형상으로
존재하고 있을 뿐이며 이 같은 작용을
나는 〈자연의 이치—진리의 이치〉라고 말하는 것이다.

무의식(無意識)의 화신(化身)-2

인간은 죽으면 〈나〉라고 인식하는
의식(意識)은 사라지고 무의식의 기운으로만 남는다.

그 무의식의 기운은 진리이치에 따라
그에 맞는 몸(형상)을 받을 뿐이며
이것이 바로 자업자득 인과응보의 이치라고 하는 것이다.

그러므로 지금의 〈나-我〉는 참된 나는 아니므로
〈나〉라고 고집할 것 하나도 없으며,

오늘에 나는 내가 지어놓은 어제까지의 무의식이
형상으로 화(化)한 것이고
내가 만들어 놓은 무의식의 기운이
화신(化身)으로 이생에 나를 형상하고 있으며,
지금의 나는 그 무의식에 맞는 연기를 하고 있을 뿐이다.

따라서 지금 나 자신이 하는 모든 행동은

나의 무의식의 기운을 바탕으로
그에 따른 행동을 하므로 어떤 무의식이
나에게 영향을 주는가에 따라
나의 삶은 달라질 뿐이며,

그 결과에 따라
또 다른 무의식은 만들어진다.

무의식(無意識)의 화신(化身)-3

무의식의 개념은 콩나물시루 속과 같이
하나의 개념이지만,
그 콩나물시루 속에는 세부적으로
무수한 콩이 있는 것과 같다.

따라서 세부적으로 그 콩이 가지고 있는
그 이치가 서로 다 다르므로
세상에 나타나 있는 무의식의 화신(化身-생명체)은
그 모습이 제각기 다르다.

그러므로 나를 화신(化身)으로 존재하게 한 그 무의식을
그대로 따라 살 것인가?
아니면 깨어 있는 의식으로 나의 오늘을 살 것인가는
각자의 몫으로만 남아 있을 뿐이다.

이 〈나〉라는 주관자적인 의식이 깨어 있지 못하면

결국 〈나〉는 무의식 세상에 존재하는
다른 화신(化身)으로
〈나〉의 주관자적인 의식을 잃어버린
다른 무의식의 기운으로 한 인생을 살다 갈 것이다.

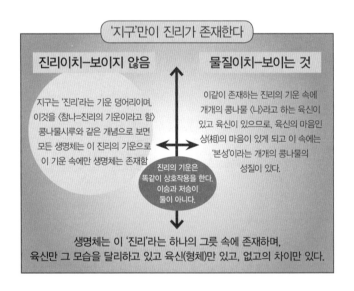

'지구'만이 진리가 존재한다

진리이치─보이지 않음

지구는 '진리'라는 기운 덩어리이며,
이것을 〈참나=진리의 기운이라고 함〉
콩나물시루와 같은 개념으로 보면
모든 생명체는 이 진리의 기운으로
이 기운 속에만 생명체는 존재함

물질이치─보이는 것

이같이 존재하는 진리의 기운 속에
개개의 콩나물 〈나〉라고 하는 육신이
있고 육신이 있으므로, 육신의 마음인
상(相)의 마음이 있게 되고 이 속에는
'본성'이라는 개개의 콩나물의
성질이 있다.

진리의 기운은
똑같이 상호작용을 한다.
이승과 저승이
둘이 아니다.

생명체는 이 '진리'라는 하나의 그릇 속에 존재하며,
육신만 그 모습을 달리하고 있고 육신(형체)만 있고, 없고의 차이만 있다.

무의식(無意識)의 화신(化身)-4

모든 사람이 똑같은 밥을 먹고 산다고 해서
전부 뚜렷한 참 나의 의식이 있는 것은 아니다.

〈나〉라는 주관자적인 의식이 흐려지면
무의식의 기운(마음)이 나를 지배하고,

결국, 나 자신은 또 다른 그 무의식의 화신(化身)으로
나의 주관을 잃어버리고 의식 없이(빙의 기운으로)
살아가고 말 것이다.

이 이치로 이 세상에는
지금의 나를 참된 나라고 고집하며 살아가는
사람들 천지지만
사실 그것은 온전한 〈나〉가 아닌
무의식의 화신(化身-빙의, 업장)일 수 있으며,

이같이 나(我)의 주관을 잃어버리고
무의식의 화신으로만 인간의 탈을 쓰고
존재하는 사람이 이 세상에는 넘쳐나고 있다.

따라서 이 찰나(刹那) 속에
나의 삼생(三生)의 이치가 다 있으므로
그 무엇이 우주 저편에 별도로 존재하는 세상은
따로 없는 것이 진리이치다.

본성(本性)-1

내 생각과 마음이 일어나는 것에는 분명한 이유가 있다.

이같이 일어나는 마음을 나를 떠나
객관적으로 비추어봄으로써
나 자신의 본성(本性)을 스스로 확인할 수 있고

그 차이를 알므로 궁극적인 나 자신의 본질을
알아갈 수 있는 것이고,
이같이 함으로써 비로소 나 자신의 근본을
알 수 있는 것이다.

이것이 바로 내 마음을 '돌이켜 비춘다.'라는 의미로
회광반조(廻光返照)라고 하는 것이다.

본성(本性)-2

인간은 본성(윤회가 아닌 순수한 의미에 태초를 말함)으로 형성된
내 마음(상)에 따라 잔잔한 호수에 파도가 일어나는 것이다.

이 파도를 잠잠하게 할 수 있는 것은
〈나〉라고 아집 된 아상(我相)의 마음을 비우는 것이다.

이같이 하므로 호수 속 강바닥에 있는
내 참 나(본성)를 스스로 볼 수 있다.

그러므로 이 마음을 잔잔하게 하지 못하면 결국
자신의 본성을 볼 수 없는 것이다.

따라서 마음공부를 절대 혼자 할 수 없는 이유는
모든 것을 자기 관념으로 보기 때문이고
이것은 마치 팔은 안으로 굽어지게 되어 있는 것과 같다.

빛과 그림자

진리적 개념에서의 상(象)이 있으므로
그 이치에 따라 물질 개념으로
육신의 〈나〉라는 존재가 있고, 내가 있으므로
〈나〉라고 하는 상(相)의 마음이 있다고 해야
이치에 맞는 말이 된다.

그러므로 이것은 빛과 그림자와 같은 개념으로
따로 분리해서 말할 수 없지만,
그러나 따로 분리해야만 모든 말이 이치에 맞게
정립이 될 것이며

이것이 바로 철길의 두 갈래의 이치와 같으며,
'물질이치'와 '진리이치'의 정의(正意)다.

정석(定石)과 정법(正法)

현실에서 정석(定石)이라는 것은 인간으로서의
윤리/도덕에 따른 기본행동이고
인간의 도리라고 한다. 이것은 물질의 논리이며,

진리적으로 정법(正法)이라는 것은
'이치에 맞는 말이다.'라고 해야
맞는 말이 되고, 이것은 비물질의 개념이 된다.

따라서 물질이치/진리이치라는 이 개념이 뭔가를
스스로 정립하지 못하면서 진리(眞理)라는 것을
말한다는 것은 언어도단이며 어리석음이다.

이 양극단을 아는 것이 깨달음이고
이때 비로소 중도(中道)를 알게 되며
지혜를 얻어 이치에 맞는 말과 행을 할 수 있는 것이다.

신(神)이란

인간은 이 현실을 살아가는 동물이다,
따라서 신(神)이란 이 현실 세계를 떠나
4차원 우주 그 어디에
별도로 존재하는 것이 아니다.

진리적으로 신(神)이라는 것은
자업자득 인과응보의 이치에 따른
개인적인 업의 현상(빙의 현상)일 뿐이므로
신이 있다는 것을 느끼는 것은
업에 의한 각자의 관념으로만 느끼는 것이고

이것은 진리이치(眞理理致)에는 맞지 않는다.
따라서 진리이치(理致)를 알고
그 이치를 말하는 자가 신(神)이며,
전지전능하다고 해야 이치에 맞는 말이 된다.

불쌍함의 정의(正意)

현실적으로 인간에 대해 불쌍함의 정의(正意)는

진리 이치를 깨달은 자의 그늘 아래에 있으면서
인간적인 정(情)을 받지 못하고
자신의 아집된 관념만을 고집하며

'나 잘났소.' 하며 독불장군으로 업으로 형성된
자신의 관념대로 인생을 사는 것이고,

진리 이치를 깨달은 자의 불쌍함이란
물질(형이하학) 비물질(형이상학)의 양극단을 알고

그 정점에서 스스로 모든 자연(마음)을 품고
앞장서서 가야 하므로
불쌍하다고 해야 맞는 말이 된다.

존재의 이유

좋은 옷 한 벌 입혔다고 해서,
이름이 나 있는 학교 나왔다고
또 배부르게 밥 먹인다고 해서
사람 잘 키웠다고 할 수 없다.

그러나 우리는 결국 이름 있는 학교를 나온 것으로만
자식농사 잘 지었다고 사람들은 야단법석을 떤다.

하지만 진리적으로 이생에 맺어진
모든 인연은 나와 업연의 흔적의 관계일 뿐이다.

화려한 모습으로 몸을 치장하고, 알음알이 지식으로
무엇을 더 알았다고 해서 사람 구실 잘할 것이라는
그 생각하지 말라.

그것은 다 허황된 물거품이며 죽으면 남는 것은
〈마음에 흔적〉뿐이다.

따라서 인간이면 윤리/도덕 양심을 기반으로
이치에 맞는 마음으로 살게 하는 것이
자식농사 잘 짓는 최고의 방법이며

이것이 바로 이 세상에 〈나〉라는 인간이
존재해야 하는 궁극적인 이유이다.

자비(慈悲)

보통 사람이 생각하는 자비는
그 어떤 존재나 대상이
나 자신을 위해 무조건 돌봐주는 것을 자비로 안다.

그러나 진정한 자비(慈悲)의 정의는
진리 이치를 깨달은 자가
그 이치를 말함으로써
진리를 모르는 자의 의식을 이치에 맞는 말로
무명 중생 무의식의 의식을
스스로 깨어나게 해주는 것이

진정한 자비의 정의(正意)라고 해야
이치에 맞는 말이 된다.

견성과 깨달음

견성(見性)은 사신이 타고난 성품을
스스로 보는 것을 말하고,
깨달음이란 이치(理致)를 스스로 아는 것을 말한다.

이 두 가지는 스스로 알 수 없으므로 반드시
이치에 맞는 말(正法), 기준이 되는 말(법)이
세상에 존재해야만 그것을 기준으로 알 수 있는 것이며,

이치에 맞는 말(正法)은 결국 같은 인간의 모습을
가진 사람으로 존재해야만 가능하다.

따라서 이 현실을 떠나 4차원적인 사상으로 꾸며지고
설정된 말로는 결코, 진리 이치를 알 수 없고,
이치를 깨달은 자의 말을 인생의 기준으로 삼고
살아야 하는 이유가 여기에 있다.

희희락락(喜喜樂樂)과 중도(中道)

어리석은 사람은 자기 관념으로
뭔가 좋으면 세상 떠나갈 듯이 희희낙락하고,
그러다 또 뭔가 괴로우면 땅이 갈라지듯이 슬퍼하고
양극단에 치우침의 삶을 살지만,

현명한 자는
'기쁠 때나 슬플 때에도 극단의 치우침이 없게 된다.'

그래서 나는 말하기를
'기쁠 때에도 그 기쁨에 절반만 기뻐하고,
슬플 때도 그 슬픔의 절반만 슬퍼하라'고 말했는데

이유는 그 기쁜 마음의 반은
다음에 슬퍼해야 할 때 사용하는
도구로 남겨두어야 하기 때문이다.

그러므로 이 같은 양극단의 이치를 알고
그것에 맞게 행(行)하는 것이
중도(中道)의 행이라고 나는 말하는 것이다.

차이

서당개 삼 년이면 풍월이라도 따라서 읊는다.

그러나 인간 3년을 키우면 풍월은 고사하고
키워준 그 주인을 물어 버린다는 말이 있다.

이것이 바로 가식 된 마음(상)이 없는 짐승과
가식적 마음(상)이라는 것을 가진 인간과의 다른 점이다.

추하고 더러운 것

이 세상에서 제일 추하고 더러운 것이 있다면
그것은 바로 인간이 가진
'마음(허상)'이라고 하는 것이고,
그 이유는 이 마음으로
세상사 온갖 것을 다 만들어내기 때문이다.

그러므로 이 '마음'은 부처가 되는 불성(佛性)이
있는 것이 아니라, 자업자득 인과응보의 이치에 따라
각자의 업(業)을 바탕으로 본성(本性)이 있고

이 본성을 기반으로 마음(허상)이라는 것이 만들어진다.

인간은 몸이 있으므로 〈나〉라는 것을 인식하고,
그 마음에 맞는 모습과 환경이 만들어지는 것이다.

따라서 눈으로 보이는 똥이 지저분한 것이 아니라,
세상에서 제일 추하고 더러운 것은

인간이 가지고 있는 이 '허상의 마음'이라고 해야
진리이치에 맞는 말이 된다 할 것이다.

극(極)과 극(極)

세상에서 제일 어리석은 인간은
한평생 생각, 생각만 하다 그 생각의 우물에 빠져
사는 사람이고,

제일 용기 있고 현명한 인간은
이치(理致)에 맞는 말을 〈행동〉으로 옮겨
실천하고 사는 사람이다.

감정의 기복(起伏)

나(我)라는 아상(我相)이 클수록 또 업이
어떤 업인가에 따라서
마음(기운)을 가진 인간이 느끼는
감정의 기복(起伏)은 심하다.

반대로 나라고 하는 아상이 적을수록
감정의 기복은 줄어들게 되어 있다.

그러므로 마음이 조석으로 변하는 것은
그만큼 자신의 업이 좋지 않음을 의미하거나,
아니면 빙의(윤회에 들지 못한 다른 기운)의 작용일 수 있다.

그러므로 인간의 마음이
청정(淸淨)해야 하는 이유가 여기에 있고,
청정하게 하는 방법은

이치에 맞지 않는 행을 하지 않으므로

그 마음에 있는 흔적이 지워지므로
비로소 청정해지고
괴로움은 줄어들게 되는 것이다.

꿈과 희망(希望)

자신이 꿈과 희망을 품고 있다면 이것은
참나를 숨기는 포장지에 불과하므로
허무한 그 꿈과 희망을 버려라.

오로지 이 순간만을 이치(理致)에 맞게 살라,

그 꿈은 각자의 본성에 따라 형성된 것이
탐. 진. 치심으로 나타난 결과이므로
그 꿈이 무너졌을 때
인간적인 비애(悲哀)를 느끼고
좌절하며 괴로움을 느낀다.

그러므로 꿈과 희망 사랑이라는 말은
주관자적인 내 의식을
잃어버리게 하는 독약이 되고,

그 독약은 나 자신을 무의식으로
빠져들게 하므로
결국 나를 패가망신하게 만들고
윤회 속 괴로움의 늪에서
빠져나오지 못하게 만들어 버리기 때문이다.

그리하여 오늘 나에게
뭔가의 괴로움이 있다면 괴로움을 느낀다면
그것은 이미 업에 의한 무의식의 기운이
작용하고 있음을 알라!

인생(人生) 사는 법

잘못된 사상(思想)의 관념을 마음에 두고
진리 이치에 맞지 않는 영생(永生)에 대한 욕망은
결국, 나 자신의 삶을 황무지로 만들고

또한, 나로 인해 타인의 삶마저
파괴한다는 것을 명심해야 한다.

그러므로 나 자신이 어떠한 의식을 하고
있는가는 각자의 인생에 매우 중요한
삶의 요소가 된다 할 것이다.

따라서 오늘 내가 어떤 물을 마셨는가에 따라
그것은 나에게 독(毒)이 되기도 하고
약(藥)이 되기도 한다.

이 물을 분별할 수 있는 것은 오로지
나 자신의 의식(意識)에 달려 있고
지금 내가 존재하는 이유는
자신이 마신 그 물의 결과이다.

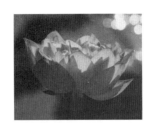

빵과 인간

빵(인간)을 만들 때
그 반죽(나의 마음이 윤리/도덕으로 성숙됨을 의미함)이
성숙하여진 상태에서 빵을 만들어야 그래도 비교적
원만하고 온전한 찐빵(인간)을 만들 수 있다.

그러나 나 자신이 성숙해지기도 전에
인간 상(相)의 마음(탐, 진, 치심의 마음)으로
스스로 마음이 성숙 되지 않은 상태에서
그 반죽(마음)으로 빵(인간)을 만든다고 해서
온전한 빵(인간)을 얻기란 어렵다.

따라서 나 자신이 이치에 맞는 마음을 만든 후에야
비로소 그에 맞는 빵을 얻을 수 있는 것이며.

이 결과가 바로 '자업자득 인과응보의 이치'다.

몸짓

인간의 몸짓에는 세 가지의 몸짓이 있다.

1. 안 되는 것을 되게 하려고 용을 쓰는 억지의 몸짓.
2. 나를 알아봐 달라고 하는 가식적 몸짓.
3. 이치에 맞는 말을 분별하고 그것을 따르며
그로 인해 나 자신의 근본을 알고
나를 한 없이 낮추는 몸짓이 그것이다.

지금 나는 과연 어떠한 몸짓을 하고 있는가.

의식(意識)

이 세상에는 무수한 말(언어)들이 있다.
그러나 그 많은 말 중에 옳고 그름을
스스로 분별할 수 있다면 올바른 의식이 있다 할 것이다.

그러나 이같이 분별하여 정립하지 못하고
막연하게 '맞는 말이다.'라는 것으로
생각만 하는 사람도 있고,

생각한 다음 그것을 마음에 새기는 사람도 있으며,
생각하고 마음에 새긴 다음 그것을 행동으로
실천하는 사람이 있다.

이 중에 제일 현명한자는 그것을 생각하고,
마음에 새기며 행동으로 실천하는 사람이
제일 의식이 있고 깨어 있는 사람이라 할 것이다.

마음의 차이

사람은 자신의 발등에 불이 떨어지면
뜨거우니 스스로 펄쩍 뛴다.
그러나 문제는 그 발등에 불이 붙었어도
그것이 불인지 뭔지를 모르는 사람들이 있다.

이 말은 똥인지 된장인지 스스로 맛보기 전에는
모르는 것과 같은 것이고,

현명하고 지혜로운 자는 발등에 불이 떨어지기 전에
그것이 불인지, 똥인지, 된장인지를 알며,

더 나아가 '이치를 아는 자'는 그 불(생명체)에 대한
본질을 안다는 것이다.

윤회의 이유

업(業)은 나라고 하는 아상(我相)의 크기에 비례하는 것이고,
지혜(知慧)는 마음이 얼마나 청정한가와 관련이 있다.

거꾸로 말하면 윤회를 한다는 것은 '아집 된 상이
있음으로 그 상의 크기만큼 윤회를 하는 것이다.'라고
해야 진리 이치에 맞는 말이 된다.

따라서 아상의 크기를 줄여가므로
마음에 흔적은 그것에 맞게 줄어들고

그 흔적이 줄어들수록 자신의 괴로움은
또 그것에 맞게 사라지게 되므로

결국, 흔적이 없어지면 궁극적으로 윤회(輪廻)라는
그 굴레에서 벗어날 수 있는 것이다.

업둥이-1

나 자신이 이 세상에 존재하는 이유는 업(業),
내가 만든 흔적이 있어서이다.

따라서 모든 것이 전부 업이라고 한다면
사실 숨 하나 쉬고 사는 것도 이치에 맞지 않으면
그것은 모두 다 업이 된다 할 것이다.

몸은 하나인데 업이 만들어지는 곳은
마음(진리이치)과 몸(물질이치) 이 두 가지다.
따라서 내가 인간(人間)이라는
존재로 태어나 삶을 산다는 것 그 자체가
바로 '업둥이'라는 뜻이며

내가 인간으로 존재한다고 해서
인간이므로 내가 온전해서, 완벽해서, 잘나서,

대단해서가 아니라는 사실이다.

내가 세상에 존재하는 그 이유는
오로지 내가 존재해야만
하는 업(흔적)을 만들었기 때문에 그 이치에 따라
제각각의 모습으로 존재하는 것뿐이다.

업의 발생과 소멸

내 마음에 흔적이 없어지면 업(業)이 소멸한 것이고
마음이 흔적이 남아 있으면
업이 한참 진행되고 있음이다.

따라서 우리가 '업을 소멸하자'는 말을 하지만,
업(業) 소멸은 그 어떤 대상에게
울고불고 빈다고 해서 될 문제가 아니라

내 마음에 남아 있는 흔적의 근본적인 원인을 알고
그 흔적을 없애는 것이 업(괴로움) 소멸의 정석이다.

따라서 내가 지금 그 무엇에게 마음이 끌린다는 것은
새로운 업의 시작을 의미하고, 이것을 인간은
사랑, 우정, 행복의 포장지로 포장한다.

그러므로 내가 그 무엇을 마음에서 아직

지우지 못하고 있다는 것은

그 흔적이 있다 할 것이며,

업연(業緣)이 지속하고 있음을 의미하는 것이다.

따라서 업의 발생은

사랑, 행복, 우정으로 다가오고

업의 소멸은 그것에 끌림이 없을 때

소멸 되는 것이다.

순리(順理)와 역리(逆理)

우물가에는 숭늉이라는 것이 없다.

숭늉은 곡식으로
밥을 짓는 순리(順理)의 과정을 따라야만
비로소 자신의 입맛에 맞는 숭늉을 얻을 수 있다.

어리석은 사람은 우물가에서 숭늉을 찾고,
현명한 자는 밥 지을 방법만 생각하고
그에 맞는 준비를 먼저 하는 사람이다.

그러나 지혜로운 자는 땅을 구하고 씨앗을 모으며
씨앗을 뿌릴 밭을 먼저 일구는 사람이다.

법(法)이란

법(法)이란 '이치에 맞는 말'을 법이라고 한다.

자비(慈悲)란 이치에 맞는 말로 인간의 의식을
깨어나게 하는 것이며,

마음공부란 이치에 맞는 말을 기준 삼아
내 마음을 그것에 맞게 고쳐가는 것이며,
'부처'란 진리이치에 맞는 말을 하는 자이다.

정(正)과 사(私)

좋은 고기는 씹을수록 단맛이 나고,
썩은 고기는 씹기도 전에 구린내만 난다

신선한 생선은 눈에 빛이 나 살아 있지만,
썩어있는 생선은 눈빛에 맑음이 없다.

마음이 혼탁한 사람이
하는 말에는 입 냄새가 나지만,

마음이 청정한 사람이
하는 말은 그 입에서 향 내음이 난다.

따라서 이치에 맞는 그 말을
법향(法香)이라고 하는 것이다.

업둥이-2

모든 사람, 생명체는 업이 있으므로 존재하기에
다 하나하나가 업둥이에 불과할 뿐이다.

다만, 그 업을 읽는 방법을 스스로 모르는 것뿐이다.

그러므로 모든 생명체는 그 업에 따라
각기 다른 모습, 환경에서 업의 유통기한에 따른
생명을 이어갈 뿐이다.

따라서 인간이 존재하는 이유는 업(業)이 있어서 이고
'존재하는 생명체는 모두 다 업둥이일 뿐이다.'라고
해야 이치에 맞는 말이 된다.

끌림의 원인

내 마음이 그 무엇에 끌림이 있다면,
마음이 간다면, 마음에 든다면

그것은 분명하게 나 자신이 그것과 풀어야 할
업연(業緣)의 흔적이 있음을 의미한다.

그러나 어리석은 사람은 단순하게
그 마음 끌림대로 행동을 하지만,

현명한 자는 그것에
마음이 끌린다 해도 그 원인을 찾고
그것을 취할 것인가, 버릴 것인가를 분별하고
이치에 맞는 행(行)을 하므로
결국 그 업연의 흔적은 지워지게 되고
인과에 따른 업연의 고리도 끊어지게 된다.

이것이 괴로움의 원인이 되는
그 싹을 미연에 지우는 것이고

업, 업장을 소멸하는 방법이며
마음에 흔적을 지우는 것이 되며
결국, 괴로움에서 벗어나게 되는 것이다.

중생의 삶

'나'라는 주관적인 의식이 뚜렷하지 못하면,
감성적이고 인간적인 말에 취해
한세상 허무하게 살 것이고,

의식 없는 사람은 이 같은 달콤한 말에 취해
자신의 의식이 흐려지므로
이때 무의식(빙의-업장)의 다른 기운이
나의 몸을 빌려 살아가게 되고
이것을 빙의 현상이라고 하는 것이다.

이것은 마치 여인숙(旅人宿)과 같은 것으로
껍데기(몸-집)는 있지만
아무나 그 집을 사용할 수 있는 것과 같다.

따라서 중생의 마음은 이치에 맞지 않는

감성적인 말에 쉽게 흐려지고,
그 몸은 술(酒)이라는 제삼자의 물질에 취하고,
욕정에 취해 한세상을 살아간다.

이런 삶을 탐진치의 삶이라 하며,
중생의 삶이라고 하는 것이다.

바둑과 인생

이 순간의 내 인생은
나 자신이 어제까지(전생) 두어온
한판의 바둑, 장기와 같은 것이다.

따라서 스스로 왜 사는가에 대한
의구심을 품지 않으면,
도중에 어떠한 수를 가르쳐 준다고 해도
그것으로 자신 인생의 이치는 절대로 바뀌지 않는다.

그러므로 인생의 삶에 묘수는
진리적으로 존재하지 않으며,
처음부터 바둑, 장기를 놓는 수를
자신 스스로 배우지 않으면 설사 묘수를
가르쳐 준다고 해도 자신이 그 수를 이해하기 어렵다.

이처럼 마음공부라는 것도 자신이

인생의 수(數)를 깨닫지 못하면

결국, 묘수(妙手)만 찾다가 한세상 허무하게 살다

인생의 종말을 맞이할 것이다.

죽은 자와 살아 있는 자

살아 있는 생명체나 죽어 있는 사 모두
〈마음〉이라는 진리의 기운을 갖고 있다.

다만 죽은 사람은 이 마음의 기운이
'무의식'으로 존재하고
살아 있는 사람은 이 기운을 '내 마음'이라고
인식하는 차이밖에 없다.

이것은 마치 깜깜한 방안에 불을 켜면 보이고,
그 불을 끄면 보이지 않는 것과 같다.

그러므로 〈나〉의 업에 의한 본성의 의식이
어떤 것인가에 따라
자업자득 인과응보의 이치에 따라

이 무의식의 기운은 얼마든지
나에게 작용할 수 있고,

이같이 진리이치가
작용하는 것을 사람들이 모르니,

인간은 자신에게 뭔가
좋은 일이라고 생각이 되면
그것을 좋은 의미로 신(神)이라고 했고,

반대로 좋지 않은 것에는
귀신(鬼神), 업장이라고 말하고 있는 것이
이 세상의 현실이다.

따라서 이러한 진리를 아는 자를
진리이치를 깨달은 자(부처)라고 해야 맞는 말이 된다.

다른 이유

사람은 누구라도 봄이 있으므로
말하고 행동하는 것은 다 할 수 있다.

문제는 그 입으로 하는 말,
몸으로 움직이는 행이
얼마나 '이치'에 맞는 말과
행동인가만이 다를 뿐이다.

따라서 지구상에 모든 인간(人間)의 모습과
말, 행동이 다른 것은
전생에 지은 각자의 업이 제각각
다 다르고 자신의 그 업을 바탕으로 한
그 〈마음〉이 달라서 이같이
제각각 다 다르게 나타나는 것이다.

그러므로 이 순간 각자가 살고 있는
환경은 자신이 만든 그 마음을 바탕으로
만들어진 것이므로 지금의 나의 환경에 대하여
그 누구 원망할 것 하나도 없다.

오로지 '자업자득 인과응보의 이치'에 따른
결과이기 때문이다.

무능력(無能力)

무능력이란,
물질의 많고 적음이 무능력이 아니라,

바른 의식으로 나(我)라는
주관자적인 삶을 살지 못하는 것이
진리적으로 무능력이라고 하는 것이다.

그러나 인간의 상(相)의 논리에서는
이 물질이 많고 적음으로 이 무능력을 말한다.

하지만 진리적으로는
이치(理致)를 모르고 인생을
의식(意識) 없이 사는 것을 무능력이라고 한다.

따라서 이 두 가지 개념의 무능력을 이해하고
양 극단 그 어느 쪽에도
치우침이 없는 마음이 중도의 마음이고

이 마음으로 행동(行動)하는 것을
중도(中道)행 이라고 하는 것이다.

자업자득(自業自得)

문명의 이기주의, 물질 이기주의가
결국 인간(생명체)을 패가망신하게 만들며,
자연의 일부인 인간 스스로
그 자연의 순리(順理)를 따르지 않으므로

결국, 그대로의 인과응보(因果應報)를 받으며,
그로 인해 스스로
인간은 자멸하게 되어 있다.

바로 이것을 '진리 이치,
자연의 섭리'라고 하는 것이다.

따라서 지금의 나 자신은 오로지
자업자득 인과응보의 이치에 따라
그 환경에 맞게 존재하는 것이 전부이며

현재의 나의 환경은 나 스스로
만든 것이므로 지금의 나 자신의 환경을
그 누구에게 원망할 것 하나도 없다.

그러나 어리석은 인간은
자업자득 인과응보를 말하면서
그 어떤 '대상'에게 울고불고 매달린다.

이것이 바로 인간의 이중성(二重星)이며
인간의 모순이라고 하는 것이다.

자연과 인간

모든 생명체는 자연의 흐름 속에
똑같은 자연의 조건 속에
그 영양분을 받고 자라고 있다.

이 같은 말은 누구라도 입이 있으므로
쉽게 다 할 수 있는 말이다.

하지만 어리석은 사람은 나 자신이
자연 속에 살지만 이 자연의 이치를 지혜가 없어
인지하지 못하는 것뿐이며,

따라서 인간이 이 세상에
존재하는 이유는 진리이치를 알고
지혜를 얻기 위해 존재할 뿐이며,

이 작용을 알아가도록 하기 위해
자연은 인간에게 삶에 기회를 준 것이 전부이다.

그러므로 이 진리이치를 알아야만
윤회에서 벗어나는 삶을 살 수 있는 것이며,
이 이치를 알기 위해 태어나기 어려운
인간의 삶을 살고 있는 것이므로
지금 이 순간이 얼마나 소중한 시간이겠는가!

인간은 이같이 진화하지 않았다.

마음의 형상(形象)

이생에 내 육신의 모습, 환경과 마음은
전생에 내 마음의 흔적에 따라

그 마음이 형상(形象)으로 빚어져
화현(化現)으로 나타난 것이 전부이니

그 마음에 흔적을 좁혀가는 것이
이생에 나의 인연으로 온 내 몸 세포에게도
내가 할 도리가 아니겠는가.

성인(聖人)

진리 이치를 아는 자, 생과 사에
걸림이 없는 마음을 가진 자를
진정한 성인(聖人)이라 한다.

이러한 성인 앞에 응어리지고 굳어진 내 마음을
다 풀지 못하고
내 마음에 그 흔적을 지우지 못한다면
그 사람의 운명은 답 없는 윤회 속 방랑자의 길에서
벗어나지 못하는 삶을 무의미하게 살 뿐이며

언제 다시 이생처럼 이 법(法)을 만날지 모르는
기약 없는 먼 미래만 존재할 뿐이다.

허상과 그림자

다들 원인 없는 결과는 없고
이유 없이 일어나는 일은 없다고들 말한다.

하지만 나는 나 스스로 존재해야 할
흔적을 내가 만들었으므로
그 흔적에 따라 존재하는 것이 전부다.

그러므로 그 흔적을 알면
나 스스로 존재 이유를 아는 것이고,
이것이 바로 '나를 알자' 혹은 '깨달음'이라고 하는 것이다.

따라서 오늘 내가 그 어떤 흔적을 마음에 남겼다면
그 흔적으로 내일, 모레 다음 생에
나는 그 이치대로 존재하게 될 것이다,

효도(孝道)와 불효(不孝)

부모의 말을 무조건 듣지 않고
따르지 않는다고 해서 불효라고 할 수 없다.

진정한 효도란 아무리 부모의 말이라고 해도
이치에 맞는 말을 따르는 것이 의식 있는 자의
진정한 효도라고 할 것이다.

그러나 대부분 사람은 아무런 조건 없이
부모의 말을 무조건 따라 듣고 행하는 것이
효도라고 생각한다.

그래서 나는 따라야 할 말과, 따르지 않아야 할 말을
분별하고 이치에 맞는 것을 행하는 것이
의식 있는 자의 올바른 행(行)이며,
진정한 효도라고 말하는 것이다.

안타까움

사람은 누구나 자기의 관념대로 살아간다.

하지만 그 관념은
각자의 업(業)이 있어 형성된 것이기에
그 관념을 이치에 맞게 바꾸지 못하면

결국, 흔적은 지워지지 않고,
끝없는 윤회 속 괴로움만이
우리를 기다리고 있을 뿐이니
이 어찌 안타까운 일이 아니겠는가!

삶의 의미

인생 사는 것, 무수한 사람은 말한다.

하지만 순리(順理)를 따르며,
진리 이치를 알고 사는 삶은
그 무엇보다 인생으로써 삶에 의미가 있지만,

문제는 그 이치를 안다는 것이 매우 어렵다 할 것이기에

상(相)으로 만들어낸 인간적이고 감성적인 말은
아무런 의미가 없음을
자신 스스로 아는 것이 '나를 알자'이며,
이로써 지혜가 생기는 것이다.

만남과 헤어짐

이치에 맞지 않는 상대와 계속되는 만남을 이어간다면
그 이면에는 아상(我相)의 논리가 깊게 숨어 있고

그것은 마음의 흔적으로 남아
업연의 고리가 맺어지는 것이다.

이치에 맞지 않는 말과 행동을 하는
그 상대와 마음을 주고받고 하지 않는 것이
업연(業緣)의 고리를 끊는 길이며,
마음에 흔적을 남기지 않는 것이다.

따라서 인생을 산다는 것은 그 마음에
흔적이 있으므로 만나고

그 흔적이 다하면 헤어지는 것이므로

업이 있어 존재하는 처지에서
100의 선업(善業)이라는 것은 존재하지 않으며
그 업이 어떤 업인가만 다를 뿐이다.

따라서 내 마음을 법(이치에 맞는 말)에
온전하게 의지하는 것만이
나 자신의 의식이 깨어나게 하는 것이고,

이 의식이 깨어나면
이치에 맞는 것이 뭔가를 알 수 있으므로
인생을 산다는 것은
결국, 의식을 깨어나게 하는
소중한 기회를 얻은 것일 뿐이기에

의식(意識)을 바르게 깨어나게 하는 것만이
업, 업장을 소멸하고 괴로움을 소멸하는
유일한 길이며 최선의 길이다.

바른 의식

사람은 누구나 자신의 업에 따라
그 정해진 그 운명을 산다.

하지만 정해진 그 운명을 바꾸기 위해서는
'이치(理致)'에 맞는 말로 내 운명을 바꿀 수 있지만,

문제는 옳고 그름을 분별할 수 있는 것 또한
각자의 몫이니 안타까운 시간만이 흐른다.

자연스럽게 사는 것도 내 관념이 아닌
나의 바른 의식이 있어야만
이것을 분별할 수 있으니
이 '바른 의식'이라는 것이 얼마나 중요한가!

마음의 흔적

인생은 〈나〉라고 하는 각자의 마음이 그대로
펼쳐져 있는 그 환경에 살고 있으므로
지금 각자가 어떤 것에 대하여 뭔가의 문제가 있다면
자기 뜻대로 되지 않는다면,

이 같은 원인은 이미 자신의 주변에
다 표현되어 나타나 있지만
스스로 그것을 보지 못하는 것뿐이다.

따라서 이 마음의 작용은 각자의 부부관계,
부부와 자식, 직장, 사업 등에서
이미 각자의 본성(마음)은 다 표출되어 있다.

그래서 각자에게 무엇인가 문제가 있다면
그것은 이미 내가 전생에 지은

그 흔적으로 내가 이생에 그 이치대로 받는
인과응보라 할 것이고,

그래서 생명체로 존재한다는 것은
내 마음에 뭔가의 흔적이 있다는 말이 되므로
그 흔적은 내 마음에 작용하고

인간(생명체)은 그 흔적(업)에 따라
갖가지 모습(化現)으로 존재한다고 해야
이치에 맞는 말이 된다.

따라서 운명은 있다, 그러나 그 운명은
얼마든지 바꿀 수 있다고 해야
맞는 말이 되고 인간은 이생에서
그 기회를 가진 것이 전부일 뿐이다.

자동차와 인생

의식 있는 사람이 운전하는 자동차와
의식이 흐려 있는 사람이 운전하는 자동차는

비록 같은 도로(인생길)를 달린다고 하지만,
그 자동차(삶)가 가는 모습은 다르다.

마음공부라는 것도 인생을 산다는 것도
결국 이와 같으므로

다 같은 인간의 모습이라고 하겠지만
그 삶은 각자의 의식에 따라 다 다르다 할 것이다.

삶과 인생

삶이 나라는 인간을 속인 것이 아니라,

내가 지금과 같은 삶에 환경이 되게끔
나 스스로 만들었기 때문에 이 개념으로

'삶이 나를 속일지라도
결코 노여워하거나 슬퍼하지 말라,
현재의 나는 자업자득 인과응보의 이치에 따라

나는 그 이치대로 존재하기 때문이다.'라고 해야
이치에 맞는 말이 된다.

운명과 나

생명체는 전생에 자신이 지어놓은 그 업의 순서에 따라
한 치의 오차도 없이 이생에서 삶이 진행되고 있고
이것을 정해진 '운명'이라고 하는 것이다.

이 이치에 따라 생명체는 각자의 그 그림자로 그에 맞는
연기(連技)를 하는 것이 인생살이 전부이며 이 연기가
끝이 나면(업의 유통기한에 따른 시간) 생명체는 죽는다.

따라서 이같이 정해진 운명이라는 것을 바탕으로
존재하는 내가 나의 마음을 어떠한 마음으로
만들어 가는가에 따라 나의 운명은
그것에 맞게 얼마든지 바꿀 수 있으므로

고정된 '운명'은 있다. 그러나 바꿀 수 있다는 것이
진리적 입장이고 자연의 이치다.

창과 방패

인생을 산다는 것은 창과 방패와 같은 것이다.
온 세상은 무수한 창(말, 言)들이 나를 겨누고 있다.
이것이 이 세상에 창이라고 하면 방패는 무엇인가?

그것은 나 자신의 의식이며
이 의식이 어떤 것인가에 따라
그에 맞는 방패가 나에게 만들어지며,

이것이 세상 속 창(말)으로부터 나 자신을 지켜낼 수 있는
유일한 방패(도구)라고 할 것이다.

따라서 나에게 괴로움이 있다면 그것은
내가 온전하게 자신의 방패를 만들지 못해서이며
그만큼의 창을 맞고 있으므로 그것에 맞게
괴로움이라는 창은 나의 방패를 뚫고 들어 올 것이다.

인간의 어리석음

길바닥에 무수하게 널려 있는 돌이 있다.
그 돌에 내 발부리가 채여도 내 몸에
그 충격을 느끼지 못하면서
어리석은 사람은 그것은 돌이 아니라 생각한다.

그러나, 그 돌이 내 몸에 어떤 충격(괴로움)을 주면
비로소 어리석은 인간은
그것이 뭔가? 하고 쳐다보게 되는 것과 같다.

마음공부라는 것은 이같이 내 몸에
충격을 주기 전에 미리 그것이 돌(괴로움)임을
알아가는 것과 같은 것이다.

부역자

나(我)라는 주관적(主觀的) 의식이 없으면
설령 내가 살아 있어 밥을 먹는다고 해도
나는 빙의(무의식의 다른 마음)의 영향을 받고 있는
부역자에 불과한 것이다.

따라서 비록 몸을 갖고 있지만,
나는 다른 사람의 마음(빙의)으로 행동하는
부역자가 될 수 있다 할 것이다.

말(言)의 맛

감성적인 말, 듣기에 달콤한 말은
나의 의식을 흐리게 하여 무의식에 빠지게 하고
이치(理致)에 맞는 말은 나의 관념에 충격을 주어
나의 의식을 깨어나게 한다.

그러므로 의식이 깨어나지 못하면
나(我)는 나라는 주관을 잃어버리고
무의식에 빠져 살게 된다.

사는 재미

인간들이 흔히 하는 말 중에
'인간이 사는 재미라도 있어야 한다'라는 말을 하지만
정작 인간으로서의 삶에 진정한 재미는
이치(理致)를 알고 그 이치에 맞게 사는 것이
가장 재미있게 살아가는 인간의 가치라고 할 것이다.

주방

사람들이 말한다.
부엌일은 해도 해도 끝이 나지 않는다고
하지만 살아 있는 동안에는
육신이 먹고 살기 위해서
부엌일은 해야 한다.

따라서 주방을 사용하지 않고 그대로 두면
그곳은 폐가(廢家)가 될 것이다.
마찬가지로 마음공부라는 것도 해도 해도
끝이 나는 것은 아니다.

그러나 살아 있을 때 마음공부 하지 않으면
내 몸과 마음은 쓰지 않는 주방과 같이
폐가(廢家)가 되어 버릴 것이고

내가 그 집에 산다 해도
결국 같은 인간으로
살 수는 있지만, 폐가와 같이
나는 썩어 있는
봄과 마음만 갖고 살게 될 것이다.

빙의(憑依)와 병(病)

사람은 죽으면 진리적 기운인 이 '마음'만이 남고
이것은 의식이 없는 무의식(無意識)이라고 한다.

그러므로 죽어서 무의식의 세계 그 자체에서는
육신이 없으므로 그 무엇도 할 수 없다.

그것은 진리란 비물질의 세계이므로
스스로는 사물에 대하여
인식하는 기능(의식)이 없기 때문이다.

그래서 무의식의 기운(빙의)은
살아 있는 생명체에게
마음(기운)으로 영향을 주는 것이고

이 무의식의 마음 작용으로

인간에게 어떤 식으로든 영향을 주고
그에 따라 나타나는 현상 또한 제각각 다 다르며,

이것은 나의 몸에 영향을 주기도 하고(물질이치)
마음에 영향(비물질이치)을 주고 있으므로
이것은 현대 의학으로 치료되지 않는다.

그러므로 물질로 진리를 대입하여 하는
그 어떠한 행위로도
빙의의 기운(죽어 있는 사람의 마음)을 다스릴 수는 없다.

따라서 생명체의 본질인 '마음이라는 기운'을
이치에 맞게 고쳐야만 비로소 치료될 수 있는 것이며
이것은 마음에 상(相)이 없는 진리이치를 아는 자만이
마음의 치료를 하므로 가능한 것이다.

죽음

인간(생명체)은 언제인가는 다 죽게 되어 있고
이것은 피해갈 수 없는 것이라고
무수한 사람은 말하는데 이러한 말 누구라도
입이 있으므로 할 수는 있다.

하지만 이생에 무수하게 죽어가는 그 모습은 제각각
다 다른데 문제는 그 이유에 대한 본질은
그 누구도 말하지 못하고 있다는 것이다.

이것은 자연의 이치를 모르기 때문에 그렇고,
진리를 깨닫지 못했음을 의미하는 것이다.

따라서 자연의 이치(진리이치)를 알면 생명체의 본질을
알 수 있으므로 왜 죽어가는 모습과 때가 제각각
다 다른가는 쉽게 알 수 있다.

생명체의 죽음이란 전생에 자신의 죽음
그 이치와 이생이 같으므로

각자의 죽음은 그 본질에서 벗어나지 않고
전생과 똑같이 이루어지므로
각자의 업에 따라 생명체가 죽어가는 이치는
다르게 나타나는 것이고

이것은 생명체의 참나(진리의 기운)를 알면
쉽게 알 수 있는 것이다.

따라서 이러한 이치를 모르면서 인간적 감성을
자극하는 말, 사상적인 말, 무수하게 해봐야 의미 없다.

나 자신의 마음, 존재 이유에 대한
그 본질이 뭔가도 모르면서
법(法)이라는 것을 말한다 하고,
남의 인생을 좌지우지하는 것은 상당한 모순이다.

다름/차이

'다름'과 '차이'라는 단어가 있다.

보통 사람은 보이는 겉모습으로 상대와
내가 다르다는 것은 대부분 안다.
이것은 물질 개념으로 눈으로 보이기 때문이다.

하지만 상대와 내가 어떤 차이(差異)가 있는가의
그 본질은 알지 못한다.

그 이유는 '나'라는 상의 마음으로 살고있어
각자의 기준으로 상대를 보기 때문이다.
따라서 진리이치를 모르면
온 세상 사람들은 이같이 보이는 것,
자신의 관념으로만 보고 말할 수밖에는 없다.

그래서 진리이치-물질이치 이 두 가지 이치를 모르면
'다름'과 '차이'의 본질을 이해하지 못하며
이치에 맞는 말(법)을 말할 수 없다.
그러므로 이 세상에서 무수하게 말하는 것과
시금 내가 말하는 것에 대한 그 차이를 안다면
여러분은 상당하게 의식이 깨어 있다 할 것이다.

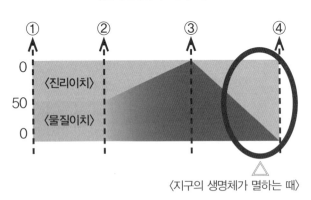

〈진리 흐름의 이해도〉

〈지구의 생명체가 멸하는 때〉

신뢰와 배신

'신뢰와 배신'은 두 가지다.

하나는 인간적인 마음으로의 믿음이며
그 믿음의 신뢰가 깨지면,
그 결과로 인해 나타나는 것이 인간적인 배신감이다.

다른 하나는 이치에 맞는 말에 대한 신뢰이며
이것을 분별하는 것은
오로지 자신의 의식에 달려 있고,

이치에 맞는 말은
인간에게 배신감이 들게 하는 일은 결코 없다.

신(神)과 능력자

신과 능력자라는 말은
진리 이치를 알면 생명체의 본질을
다 알 수 있으므로
진리적으로 이치(理致)를 아는 자가
신(神)이며 전지전능하다 라고 해야 맞다.

그러나 우리는 어리석게
눈에 보이지 않으면서 인간에게
〈화복(禍福)을 내려 준다고 하는 정령(精靈) 등
그 무엇이 있다고 하고

또 자유자재로 변화하는 초인적인 힘을 가지고
사리에 통달한 능력을 갖춘 영적(靈的) 존재,
또는 그런 사람〉이 있다고 믿지만 그런 존재는
우주 천지 그 어디에도 없다.

따라서 신(神)이란 현실을 떠나
별도로 존재하는 것이 아니라,

현실적으로 진리이치(眞理理致)를 알고
그 이치를 말하는 자가 신(神)이며
진리적으로 전지전능하다고 해야
이치(理致)에 맞는 말이 되는 것이다.

생각(生角)과 이해(理解)

생각반 하는 것은 자신의 마음과 시야를 좁게 하고
이해하는 것은 자신의 마음과 시야를 넓혀가게 한다.

생각은 자신을 어리석음과 무명에 빠져들게 하고
이해는 자신을 슬기롭고 지혜롭게 만든다.

생각만으로 올바른 행동을 할 수는 없다.
이해하면 올바른 행동을 할 수 있는 혜안(지혜)이 열린다.

생각은 물질적 개념(물질이치)이고,
이해는 진리적 개념(진리이치)이다.

생각은 인간을 무의식에 빠지게 하여
의식을 흐리게 한다.
그러나 이해는 인간의 의식을 깨어나게 하여

의식을 맑게 한다.

생각은 나(我)라는 아상(我相)을 세우는 말이고
이해는 나(我)라는 아상(我相)을 없애가는 말이다.

생각은 계산(셈법)에 빠지게 하고,
이해는 지혜(智慧)를 얻게 만든다.

생각은 또 다른 생각을 만들어 가므로 그 끝이 없고
이것은 마치 모래성을 쌓는 것과 같다 할 것이다.

그리고 결국 그 생각이 무너지면
인생살이에 대한
허무함과 좌절감을 느끼게 한다.

무제-1

깨달음(지혜)이란,

이치에 맞는 것을 알아가고

그것을 실천하므로 얻어지는 것이다!

무제-2

마음에 흔적을 남기지 말라.

그것은 업(괴로움)이 되기 때문이다.

따라서 순리(順理)에 순응하고

이치(理致)에 맞게 살라!

무제-3

자연은 말이 없다.

하지만 말이 없는 자연 속에

생명체 본질에 대한 답이 다 있다.

따라서

그 자연의 흐름을 알아야만

비로소 법(이치에 맞는 말)이라는 것을

말할 수 있는 것이다.

무제-4

신(神)이란 우주 그 어디에

별도로 존재하는 것이 아니라,

인간의 무리 속에 이치(理致)를 아는 자가

'진리이치에 맞는 말'을 하는 것이

신(神)이며 전지전능 하다라고 해야

맞는 말이 되는 것이다.

무제-5

견성(見性)은 자신의 성품(性品)을

스스로 보는 것이고,

깨달음은

이치(理致)를 아는 것이다.

무제-6

전생을 알려고 하지 말라.

오늘 이 순간이 바로 전생에 나 자신이 살았던

그 이치 그대로가 현실로 나타나 있기 때문이다.

그것을 스스로 알지 못하는 것뿐이고,

나의 존재 이유 이것을 스스로 알면 전생뿐 아니라

생명체의 본질을 알 수 있고,

이것을 바로

'깨달음(진리이치를 아는 자)'이라고 하는 것이다.

무제-7

사람들은 쓴 약이

몸에 이롭다는 말을 한다

하지만, 의식 없고 어리석은 인간은

달콤한 말(약)에 취해서

한 순간의 그 이로움에

자신의 몸과 마음을 던진다.

그리고 그것이

나에게 어떤 해로움(괴로움)을

주는 가도 모르고 살아간다.

무제-8

어리석은 사람은 신기루와 같은 꿈을 꾸고

그 꿈을 행복, 사랑이라는 말을 쫓아서 살지만

지혜(智慧)로운 자는 이 순간(찰나) 이치에 맞는 행을 하고

그 결과를 알고 기다리는 삶을 살아간다.

무제-9

어리석은 사람은 하루를 생각하지만

지혜로운 자는 영생을 바라본다.

따라서 지혜로운 자는 보는 시야가 광대하고

어리석은 자는

근시안적인 사고(思考)만을 생각한다.

어리석은 자는 현실이 아닌 4차원 세상에

빠져 판타지 같은 허상을 꿈꾸고

허구(虛構)를 말하지만

지혜로운 자는 오늘을 이치(理治)에 맞게 살며

이치에 맞는 말과 행을 하고 산다.

어리석은 자는 자신의 근본(뿌리)도 모르면서

남의 인생 말하기를 좋아하고

지혜로운 자는

나 자신의 근본(뿌리)을 먼저 알고

세상을 논한다.

무제-10

사람들이 착각하는 것이 있다

그것은 바로

스스로가 하는 말과 행동은

자신의 진실한 행동이고

본마음인 줄 안다

하지만 그 말속에는

전생에 자신의 업으로

형성된 본성(本性)이 있고 그 본성에는

흔적이 깊게 숨어 있다.

그러므로 사람들이 하는 말 대부분은

'나' 라고 하는 자신을 아상(我相) 내세우기 위해

그 흔적을 포장하기 위한

가식적인 말을 하는 것이 대부분이며

이것은 자신의 업(業)과 깊게 연관이 되어 있다.

이것을 스스로 아는 것이 나를 알자이며

업(괴로움)을 소멸하는 길이다.

맺는말

세상에 사람들이 하는 말 중에 "나는 왜 태어났는가, 나는 왜 존재하는가, 나는 왜 괴로운가, 나는 왜 이러한 환경에 살아야 하고, 이런 상대를 만나야 하는가, 그리고 내가 하는 일이 왜 이같이 마음대로 되지 않는가?" 등등 의 무수한 말로 자신을 포장하고 합리화하며 자신이 생각하고 행동하는 것이 맞다고 고집하며 오늘을 삽니다.

왜 인간은 이같이 무수한 말을 하면서 스스로 인생을 생각하고, 나(我)라는 것을 의식하게 되는 것일까? 이것에 대하여 온 세상 사람들이 무수한 말을 하지만, 다 의미 없고 이치에 맞는 말이 아니고 그 원인은 딱 하나입니다.

그것은 여러분이 내 마음이라고 하는 그 마음속에 자신이 지금과 같이 존재해야 하는 그 흔적이 여러분의 〈참나〉에 있기 때문이며 그 참나의 흔적(운명)이 있으므로 모든 생명체는 그 이치에 맞게 존재합니다.

따라서 나는 '마음에 흔적을 지워야 한다'는 말을 했는데, 이것은 도화지에 그림을 그리는 개념과 같으며 지금 여러분이 '나'라고 인식하고 있는 나라는 존재는 전생에(어제까지를 전생이라고 본다면) 내가 스스로 그림을 그린 그 도화지에 남아있는 그 흔적에 따라 나는 존재하고 또 인간은 이 자연 속에 그 진리의 기운으로 남아있는 나의 흔적을 〈내 마음〉이라고 인식하고 사는 것이 전부입니다.

그래서 오늘을 사는 각자의 인생은 그 흔적이 마음으로 남고, 그 이치대로 나는 존재하므로 지금 자신의 도화지에 무엇이 남았는가를 알고(이것이 나를 알자의 바른 뜻임) 그 흔적을 이치에 맞게 지워가는 것이 결국 나 자신이 괴로움(업)에서 벗어나는 유일한 방법임을 나는 여러분에게 제시하고 있습니다.

결국, 인간이 이 세상 존재하는 핵심의 이유는 이 같은 진리 이치를 알고 자신을 변화시키기 위해서 이 소중한 기회를 얻었다는 것이 전부이므로 속된말로 〈인간이 위대해서 완벽해서 또 부처가 될 근본을 다 가지고 있어서〉 이 세상에 존재하는 것은 결코 아님을 알았으면 합니다.

결론은 나 자신이 존재해야 하는 이유는 나 스스로가 만들어 놓은 그 흔적이 '마음'으로 존재한다(도화지가 지저분한 그 정도의 차이를 의미함)는 것이고, 그러므로 나의 도화지(마음)에 흔적이 남지 않게 만드는 것이 괴로움을 줄여가는 것이고 궁극적으로 생명체로 태어나 괴로움이라는 것을 겪지 않는 해탈이라는 것을 하게 됩니다.

따라서 본 〈잠언록〉의 말을 새겨봄으로 여러분의 마음에 있는 뭔가의 흔적이 각자의 그 마음 변화에 맞게 지워질 것으로 확신하지만, 문제는 이 글을 보는 여러분의 의식이 다 다르므로 같은 말이라 할지라도 그 변화는 크고

작은 울림으로 나타나는 것이 또한 다를 것임을 압니다.
아무쪼록 이 글이 인생을 사는 여러분 삶의 마음에 큰 길
라잡이가 되었으면 합니다.

2017년 새해 천산야(天山野) 씀

※ 참고
본문의 글 내용은 일반적인 종교나 수행단체와 무관하고 여
러분도 쉽게 이해될 수 있는 보편적인 내용이니 이점 깊게
참고해 주셨으면 합니다.

초판 1쇄 인쇄 2017년 01월 03일

초판 1쇄 발행 2017년 01월 09일

지은이 강영수

펴낸이 김양수

표지 본문 디자인 곽세진   **교정교열** 장하나

펴낸곳 도서출판 맑은샘   **출판등록** 제2012-000035

주소 (우 10387) 경기도 고양시 일산서구 중앙로 1456(주엽동) 서현프라자 604호

대표전화 031.906.5006   **팩스** 031.906.5079

이메일 okbook1234@naver.com   **홈페이지** www.booksam.co.kr

Copyright ⓒ 2016 by 강영수

ISBN 979-11-5778-180-5 (04810)

ISBN 979-11-5778-179-9 (세트)